JN228073

contents

本書は、二〇二三年にカクヨムで実施された「嫁入りからのセカンドライフ」中編コンテストで優秀賞を受賞した「魔王城に嫁入りしたら、クーデレ魔族王子の溺愛と魔族のみんなの愛で封印されていた力が目覚めました～未来を見通す力は平和のために使います～」を加筆修正したものです。

プロローグ

「無才無能のカトリーヌ。今日よりお前を、第一王女と認める。我が偉大なるエリン王国に尽くす機会をやろう」

無慈悲な声で国王が告げた。


ここはエリン王国の王城の大広間。

壇上に並ぶ国王一家に見下ろされながら、一人の少女がひざまずいていた。

彼女の名はカトリーヌ。

ハニーブロンドの髪は艶を失っており、エメラルドグリーンの瞳は恐れに揺れている。

(生まれて十八年、愛人だったお母様の身分が低いからと、一度もお父様……国王陛下から認められることがなかったのに。突然、王女になんてどういうこと?)

嫌な予感に、カトリーヌの手が震える。お仕着せの灰色のワンピースの裾を握って、王の言葉の続きを待った。

「魔族討伐戦争は、一旦和睦の運びとなった。しかし奴らは和睦に条件をつけてきたのだ。エリン王国と魔族どもの国――ゼウトス王国との王族同士の婚姻だ。フン、ふざけた願いだ」

「アンヌは魔族に嫁ぐなんて絶対に嫌ですわ！　和睦なんてどうでも良いです！　全部やっつけちゃえば良いのよ！」

「ええ、わたくしの大事なアンヌちゃんを、恐ろしい魔族のもとになんて行かせませんわよ」

カトリーヌの義妹であり王妃の娘であるアンヌが甲高い声で叫び、王妃がベッタリとした声でそれをなだめた。

戦況は魔族国ゼウトスが優勢で、近いうちに征服されてしまうだろう、とエリンの民は噂していた。だからこそ、国王は先方からの条件を飲んで和睦するしかないのだろうと、カトリーヌは察している。しかし、国王は表向きそれを認めず、あくまで魔族国の懇願を受け入れたという態度でいる。

王妃とアンヌに至っては、まったく状況が分かっていないようだった。

戦争が再開されたら、窮々とするのはエリンの方だ。それなのに、和睦なんてどうでもいいと言い放つアンヌに、カトリーヌは眉をひそめた。

「……そこでだ、カトリーヌ」

（まさか……でも、そうよね……）

緊張に震えるカトリーヌに、王は無情に告げた。

「アンヌの代わりに、魔族に嫁げ」

王の声が重々しく響いた。

王の言葉に絶望し、床を見つめる。

しかしそのとき、カトリーヌの頭に、戦いに疲れてやつれた王都の人々の姿が浮かんだ。

領民の窮状を訴えるために、城門の外に馬車を連ねる領主たちを思い出した。

和睦のためには誰かが嫁ぐしかない。

無才無能の自分に、出来ることがあるのならば。

(いいわ、魔族領でもなんでも、行ってやろうじゃない。まさかいきなり食べられたりしないだろうし……しないわよね?)

「……承知いたしました。国王陛下」

顎を上げて、カトリーヌが答える。

(大丈夫。なんとかなるし、なんとかするしかないんだから)

エメラルドの瞳が、朝日をうけた湖面のように光り輝いた。

1章　魔王城の住人たち

エリン王国の王城を出て、馬車を走らせ続けて十日目。輿入れの期日の朝のこと。

カトリーヌは困っていた。

魔族の王、魔王の住む城がある峠の入り口に差し掛かったところで、馬が一歩も動かなくなってしまったのだ。

「こりゃどうしようもねえや。恐れ入りますがここから先は歩いて参りませ」

と、たいして恐れ入ってもいない風に言って御者が去ってしまったのだ。

（昼までに魔王の城にたどり着かなくてはいけないのに、どうしよう……一人きりでお城に行かないといけないのかしら）

峠の入り口に残されたカトリーヌが、遠ざかる馬車を見送りながら顔を曇らせた。

カトリーヌは、道中で改めて覚悟を決めていた。絶対にこの結婚を成功させてみせる、と。

理由は、道中に見たエリン王国の窮状だ。長く続く戦争で王都の民も疲弊していたが、地方の荒廃にはさらに心を痛めた。

戦災によるものだろうか、孤児も多かった。

孤児たちに幼い頃の自分を重ねて、心が痛んだ。

病気で母を失ったときの悲しみや、その後に使用人身分に落とされたこと。王妃や王女に辛くあたられた記憶。そして、実の父なのに娘と認めてくれなかった冷酷な国王。

自分のような辛い思いはさせないと、カトリーヌは子供たちの笑顔を願う。

そのためには、まず平和な世界を子供たちに贈りたい。カトリーヌが魔族の国に輿入れすることで、平和が叶うのだ。

……だというのに、魔王城にたどり着く道のりは波乱続きだった。

護衛として付けられた兵は、魔族国の領内に入ってから一人また一人と姿を消し、ついに昨日には一人も居なくなってしまっていた。

そしてつい先ほど、御者まで居なくなってしまった。馬車の姿がすっかり見えなくなり、どうしようもない心細さが襲ってくる。正真正銘の一人きりになってしまったのだから。

しかし、いつまでも立ち尽くしている時間はない。約束に遅れて、輿入れが、ひいては和睦がとりやめになっては大変だ。

（大丈夫大丈夫。私、体力はある方だわ。こんな道、なんてことない！）

カトリーヌは自分に言い聞かせ、峠を登る決意を固めた。

「えい！」

声を上げて気合を入れて、トランクを抱え直す。

頂にそびえる城を見上げるカトリーヌの目に、魔王城がまがまがしく映る。脚は震えるけれど、カトリーヌの覚悟は揺らがない。

心の準備のため、深呼吸をする。

胸に満ちる空気は、予想よりも澄んでいた。魔族が住む場所は、空気が自然と淀んでいくのだと聞いていたのに、不思議だ。

他にも、魔族国に入ってから色々と驚きがあった。

地獄が地上に現れたような土地だと聞いていたのに、エリン王国内と変わらなかった。それどころか戦争の被害はエリン王国よりも少ないくらいで、作物を実らせた果樹園や畑も見かけた。

人懐っこい魔族の子どもに、見たこともない果実を分けてもらったりもした。護衛も御者も食べなかったので、カトリーヌだけが美味しく食べた。

ちなみに、食べすぎてお腹を冷やしてしまったのは、ちょっとした反省点だ。

これから向かう魔王城内では、そんな軽率なことは出来ないはずだ、とカトリーヌは思う。なにしろ魔王の本拠地だ。今の魔王は先代の魔王を倒して王座を奪ったと聞いた。きっと残忍で攻撃的で強くて怖くて……血の匂いがする王なのだろうから。

（あんなみずみずしい果実、魔王城では食べられないわよね。魔王って肉食のイメージだし……ていうか、私が食べられちゃったりして）

恐ろしい考えを追い出すように頭を振ると、カトリーヌは帽子のリボンをほどいた。

どれだけ怖くても、行くしかない。

リボンでスカートの裾を結び、ついでに、帽子はその場に置いていくことにした。

せっかくのドレスと帽子だったけれど、山歩きには向かなかった。ドレスは長すぎるし、帽子は木の枝に引っ掛かりやすい。

支度を整えると、カトリーヌは城への道を歩き始めた。履き慣れない、繊細なヒールの靴で。


どれだけ歩いただろうか。

山道を行けども行けども、遠くに見える城は一向に近くなった気がしない。

結局、ドレスの裾は裂けてしまった。トランクの持ち手が食い込んだ手のひらは、皮が剝けていた。つま先と踵がジンジンと痛んだ。

「はあ……はあ……」

切れた息は錆の味がする。喉の渇きに、膝の疲労。意識がもうろうとして、視界もあやしくなってきた。朝からなにも食べていない胃が、きゅうきゅうと空腹を訴えだす。

足元を見ないままふらふらと踏み出した先に、大きな石があった。その石の端に、カトリーヌは靴を乗せてしまった。

「きゃっ！」

ヒールがぐらつき、バランスを崩す。かろうじて転びはしなかったものの、ひねった足首はすぐに熱を持ち始めた。

休めば痛みは引くかもしれない。しかし、そんな暇はなかった。

（行かなくちゃ……！）

痛みよりも焦りが勝った。

真上に届きつつある陽に急かされながら、カトリーヌは再び歩きだそうとした。そのときだった。

前方の道に突然、五人の騎士が現れた。

先頭に居るのは、大きな黒い馬に乗った騎士だ。

真っ黒な甲冑に身を包み、黒い兜は頬までを覆う古式のもの。顔のほとんどは黒い髭に隠れていて、目は爛々と光っている。馬のたてがみは黒い炎だった。

後ろに控える騎兵たちは、青、赤、黄、白と違った色の甲冑を着ている。彼らも、炎の馬に乗っていた。それぞれの騎士の鎧の色と、同じ色の馬だ。鎧も馬も、白を除いてどれも暗い色調だった。

白い鎧の騎士だけは、兜を被っていなかった。

彼は絹のような黒髪に、紫の瞳をしていた。顔の作りは美しいけれど、美しすぎた。人形のような無表情も相俟って、一見は人のようでも、やはり魔族なのだと分かった。

その白い鎧の騎士は、カトリーヌをじっと見つめていた。

「あ、あの、あの、私。私は魔王様の、その、王子様の、その、」

騎士たちに囲まれ、カトリーヌはなんとか言葉を搾り出そうとする。しかし頭の中は真っ白で、舌は固まってしまっている。

「フェリクス王子のご婚約者、カトリーヌ王女殿に相違ありませぬな」

先頭の黒い騎士が、びゅうと熱風を吹かせながら問う。

大きな声ではなかったが、王城で怒鳴られ慣れていたカトリーヌでも、恐怖のあまり気が遠くなってしまうような恐ろしい声だった。炎の爆ぜる音のような、それに焼かれる亡者の悲鳴のような、そんな声だ。

同時に、炎のたてがみを持つ馬の鼻息が、こちらも熱い風となってカトリーヌに吹き付ける。

「ひっ」

未体験の恐怖に、血の気がさあっと引くのが分かる。

（魔族の……王子の……遣いの方、だ、わ……）

安堵して良いのか警戒するべきか。分からないまま、カトリーヌは今意識を手放そうとしている。

（フェリクス様と……いう……お名前なのね……）

婚約者の名前すら知らされていなかったカトリーヌは、王子の名前の響きの美しさを意外に思った。魔族にも名前があるということを、考えてみたこともなかった。

「……フェリクス、さ、ま……」

「カトリーヌ王女！」

気を失う寸前、涼やかな声に名前を呼ばれた気がしたが、どの騎士の声かは分からなかった。

＊＊＊

「ど、どうするんだ！　僕の名を呼んだぞ！　助けを求めたのか⁉　怪我をしているのか⁉　なぜ一人なんだ⁉」

麗しい白の騎士が、動揺しながら馬を下りて、気を失ったカトリーヌに駆け寄った。

「フェリクス王子、落ち着いてくださいよ。このご令嬢がカトリーヌ王女なのは多分、まあ、間違いないと思うんで、とりあえず運びましょう。事情はあとで調べられますから」

「そ、そうだな。うむ。では僕が……」

背後から声をかけた青の騎士の言葉に、白の騎士がうなずく。

白の騎士の正体は、カトリーヌの婚約者であるフェリクス王子だった。王子は、そのまま彼女の体に触れようとする。

「あ、フェリクス王子！　ちょっとそれストップ！」

「なんだサージウス。後にしてくれ。僕の花嫁を早く助けなければ！」

「いやそのぅ、多分、俺が運んだ方がよくてですね」

「なぜだ⁉」

サージウスと呼ばれた青の騎士と王子が言い争っていると、二人の頭上をぬっと黒い影が覆った。

「カ、カトリーヌ王女殿ぉ⁉　どうなされたぁ？」

ごう、という突風のような声で、黒い鎧の騎士が叫ぶ。

カトリーヌが、うなされたように眉をひそめる。王子とサージウスは揃(そろ)って「しぃー！」と口に指を当てて返した。

「元凶の自覚もってくださいよ。ったく、だからアマデウス将軍を先頭にするの反対だったんですよ」

大股(おおまた)でカトリーヌに近づく黒の騎士アマデウス将軍を、サージウスが押し戻そうとする。

「ぬう？」

「戦場ではその一喝だけで、エリン王国の兵士の戦意を喪失させてきたのですよ、いわんや、深窓の王女様をやですよ、っとと」

サージウスが情けない声を上げる。アマデウス将軍の体に押され、サージウスの兜が衝撃で落ちたのだ。

兜が落ちた後の首の上には『無』が乗っていた。王子に仕える青の騎士サージウスは、首なし騎士（デュラハン）だった。

「わ、我は優しく言ったぞ！　六歳になる娘に接するときのように言ったのだぞ！」

アマデウス将軍が、狼狽（ろうばい）した様子で大声を上げる。

すかさず、王子とサージウスが「しぃー！」と繰り返す。

「分かりましたから黙ってくださいね。とりあえず城にお運びしましょう。俺が乗せます。あ、将軍は王女様のトランクを運んでくださいね」

「むう、なぜだ？　我の馬が一番力がある。我が運ぼうぞ」

「いや、何を言っているんだ。僕の花嫁だ。僕が運ぶべきだろう」

そう不満を表す王子と将軍に向かい、サージウスはチッチッチ、と無い舌で音を出す。

「分かってないなあ。また将軍のお姿に失神でもされたら、王女様の心臓が持ちませんよ」

「う、うむ。そんなに怖がらせたつもりはないが……あ、でも一昨日からパパと一緒にお風呂（ふろ）入らないと言われてなぁ。のう、聞いておるかぁ？」

「どうでもいいですよ！　ほら、早く戻りましょう。あ、王子は俺の頭拾っといてくださいね！」

そう言うが早く、サージウスはカトリーヌを小脇に抱えて青の馬に飛び乗った。

「おい！　僕が運ぶと言っているだろう！　彼女に触れるな！」

慌てて騎乗した王子がサージウスに馬を寄せるが、彼はそれを無視して馬の脇腹を軽く蹴った。

青い炎を纏う馬が走り出す。

「王子もねえ、乙女心ってやつを知った方が良いですよ」

そう言い残してサージウスは馬の速度を上げてしまう。

「ま、待て！」

「抜け駆けであるぞ！　サージウス！」

取り残されたフェリクス王子とほか三名の騎士たちは、急いで馬を駆って青の馬の後を追ったのだった。

＊＊＊

アマデウス将軍の迫力に気絶したカトリーヌは、そのまま魔王城に運ばれてきていた。

目を覚ますと、知らない部屋の知らないベッドに寝かされていた。カーテンの閉められた部屋は薄暗い。目をこらすと、家具の輪郭が徐々に浮かんでくる。意識がはっきりしてくると、自分がなぜ気を失ったのかを思い出してきた。

山道で怪我をしたところに、王子の遣いが迎えに来てくれたのだ。恐ろしい姿をした黒の騎士に、美しい白の騎士。遣いをよこした王子の名は、確か……。

（フェリクス様……。今日まで名前も知らなかったけれど、どんな方なのかしら）

それまでなんとなく「魔族の王子」としか思っていなかった相手と、とうとう会うことになる。カトリーヌは急に緊張を覚えた。

とりあえず落ち着いて、状況を把握しようと体を起こして部屋を見回す。

ふと天蓋（てんがい）に目をやると、どこか違和感があるが、なにがおかしいのだろう？　と、目をこらして見てみると、織柄が逆さまだった。鈴蘭（すずらん）に似た花の模様だけれど、天地が逆さまなので、吊（つ）り下げられた獣のように見える。布を逆向きに掛けてしまったのだろうか。

（なんだか不気味ね）

ぞっとしたカトリーヌは、織柄からすぐさま目を逸（そ）らした。

次に、足元に柔らかなものが当たるのに気づいた。身を起こしてみると、ベッドの足側にも枕がたくさん置かれている。

（こんなベッドメイキング、知らないわ。頭が二つある人でも住んでいたのかしら）

恐ろしい化け物を想像しそうになって、カトリーヌは急いで頭を振る。

ベッドサイドには水差しが置かれているが、中には小さな魚が泳いでいる。なんの魚だろうか、と目を細めて見つめたカトリーヌは、次の瞬間のけぞって悲鳴を上げた。

「ひっ！　し、し、鹿⁉」

細長い体をした魚の頭には、雌の鹿の顔がついていた。魔族国の領内に入ってからというもの、異形の生き物はそれなりに見てきたが、これだけ近くで見たことはなかった。

「ドー・フィッシュです。浮袋に光の精霊の力を溜める性質がある、観賞魚です。夜になると光って、きれいですよ」

唐突に、背後から少し高めの男の声がした。恐ろしくて身を硬くするカトリーヌに、再度同じ声が語りかける。

（部屋には誰も居なかったはずなのに……）

突然背後に現れた気配に、カトリーヌは振り向くことが出来なかった。

「この城はミノス王陛下の城にございます。歓迎いたします、カトリーヌ王女」

「ミノス王、とは？」

カトリーヌが背を向けたまま訊ねる。すると、声の主は小さく笑ったようだった。

「ああ、エリン王国から来られたカトリーヌ王女におかれましては、『魔王』とお伝えした方が分かりやすいでしょうか。倒れてしまわれていたので、勝手ながら、我々でお運びいたしました」

黒い騎士の恐ろしい声で気を失ったのに、「倒れてしまわれていた」とは、随分ととぼけた物言いだと思った。

「そう、でしたか。ここは魔王様……失礼、ミノス王陛下のお城なのですね」

「はい。当城への山道はヒト族の馬車では通れませんもので、お迎えに上がった次第でございます。あ、俺はあの恐ろし〜い黒髭の将軍じゃないですから、安心してくださいね」

声の主の軽い調子で、少なくともあの恐ろしい黒の騎士ではないと分かって、カトリーヌは多少なりとホッとした。

それならば、振り向いて即、失神ということもないだろう。

「そうだったのですね。お出迎えありがとうござい……ま……」

そう振り向いたところで、カトリーヌは絶句してしまった。

背後に立っていたのは、くすんだ青の甲冑に身を包んだ騎士である。ただし、その兜は脇に抱えられ、首から上には無が乗っていた。つまり、頭部が無いのである。

「名乗りが遅れました。俺は城に仕える四騎士の一人、サージウスと申します。どうぞよろしく」

うやうやしく礼をしてみせるサージウスに、カトリーヌはかろうじて微笑み(ほほえ)を作って返した。

「よ、よろしく、お願いいたします」

またしても気が遠くなる予感を覚えつつも踏みとどまる。

「じゃ、引き続きおくつろぎください。こちらはカトリーヌ王女の部屋になりますんで。気に入っていただけました？」

「あ、はい。私のお部屋……ありがとうございます。す、素敵なお部屋です」

どうやらこの不気味な装飾の部屋が、これからカトリーヌの住む部屋になるらしい。これからやっていけるだろうか、という不安がどんどんと膨れていく。

だというのに、あろうことか――。

　ぐぅう〜。

　気の抜けた音を立てて、カトリーヌのお腹が鳴ってしまった。

「こ、これは！　あの、違うんです！　じゃなくて、別に何の音もしませんでしたよね⁉　ねっ！」

　魔王城までの道中は食料を節約していたし、今日に至っては朝から何も食べていなかった。反射的にお腹を押さえながらも、カトリーヌは何とか誤魔化せないか考えていた。

（そんなに大きな音でもないし、聞こえてないかもしれないもの。まだ挽回は出来るはず……！）

　カトリーヌがサージウスの様子をうかがう。

　すると、

「音？　ああ、生きている体からは色んな音がしますからね。さすが、俺らアンデッドとは違いますね〜」

　などとしれっと答えられてしまったので、カトリーヌは肩を落とした。挽回失敗である。

　そんなカトリーヌに構わず、サージウスは言葉を続けた。

「そうそう、腹の音と言えば、今夜にでも婚礼の晩餐をどうかと王子から提案がありました。ご用意してもよろしいでしょうか？」

「あ、え、ええと？　晩餐、ですか？」

（結婚式よりもご飯の話をされるなんて、よほどお腹がすいていると思われてるんだろうなあ……）

　遠い目をしながら問い返すと、騎士の方も見る間にしょんぼりとした雰囲気をまとい始めた。顔が無いのに、こんなに気持ちが分かりやすい相手というのも不思議だ。

「え、と。サージウス、さん？　何か落ち込んでます？　私のお返事に、よくないところがありましたか？」

思わず訊ねると、サージウスは右手を上げて無い頭の後ろを掻くような仕草をした。

「いえ、婚礼の晩餐について、あまり嬉しそうにお見受け出来なかったもんで。ゼウトスでは内々で食事をするくらいで、華やかな儀式などをしないんですが、やっぱりカトリーヌ王女としてはガッカリでしょうか？　エリン王国式の結婚式を行うためには、司祭が用意出来なくてですね」

申し訳なさそうなサージウスの言葉に、ゼウトスは女神信仰の国だったことを思い出した。気まぐれで、ときに恐ろしくもある様々な女神たち。それを祀るゼウトスを、エリン国王が非難するのをよく聞いていた。

「いえいえいえ、ぜんっぜんこだわりはありません！　ゼウトス王国に輿入れしたのですから、私が合わせるのが当然です」

見る間に萎れていくサージウスの言葉に被せて、カトリーヌは急いで返事をした。

信仰の違いで婚姻が取りやめになったりしたら大変だ。

（それに、人質扱いの婚姻に、素敵な式を夢見たりなどしていないし……）

カトリーヌはこっそりと心の中で呟いた。

「合わせてくれますか！　お気遣いさせてしまってすんません。……なんだあ、エリン王国の王女様ってすごい良い人なんすね！　しかも話しやすいし！」

「へ？　じゃなくて、は？　じゃなくて、ええと、お褒めに与(あずか)り光栄です……？」

　サージウスと名乗った騎士が、急に砕けた物言いに変わった。もしかして、もっと毅然(きぜん)とした態度じゃないといけなかったのだろうか、と迷いながらカトリーヌは返事をする。

　尊い立場になったことがないカトリーヌには分からないけれど、継母(ままはは)の王妃や義妹のアンヌは、騎士とこんな会話はしていなかった気がする。

（私は今エリン王国の王女なんだから、こんなときにお腹の音を鳴らしてたら駄目だし、気安く会話するのもおかしいのかもしれないわ。王女らしい教育なんか受けてないのに、この騎士さんと話していたら、どんどん粗が出てしまうんじゃないかしら）

　不安になったカトリーヌは、早く部屋を出ていってもらう口実を考えることにした。

　とにかくこの場をしのいで、王女らしく振る舞うための作戦を立てなくてはならない。そんなことを考えている間にも、騎士は「じゃ、婚礼の晩餐は今夜ってことでよろしくお願いいたしますね！」と親しげに話しかけてくる。

　カトリーヌは慌てて背筋をのばすと、精一杯ツンとした顔を作ってみた。とりあえずのお手本は、継母である正妃と、高飛車な義妹のアンヌ王女だ。

「おほほ！　そのように計らってくださいまし。私が許しますわ。よろしくお願いいたします……ですわ！」

　扇を持っているつもりで手を翻しながら、出来るだけ偉そうに返してみる。気を悪くされたらどうしよう、と一瞬思ったが、騎士は気にしない様子で、鎧(よろい)の胸のあたりからいそいそと紙を取り出した。

「では婚礼の晩餐の用意を進めますね！　それでですね、これに答えていただけますかね？」

「え、これ、なんですか⁉　ですわ！」

「じゃ、よろしくお願いしましたよ～」

騎士は戸惑うカトリーヌを置いて、さっさと部屋から出ていってしまった。


「……これ、一体、なんなの？」

勢いのままに受け取ってしまった紙をまじまじと見つめる。

几帳面（きちょうめん）な文字が、紙面いっぱいに書かれている。内容について、じっくりと読んでみることにする。しかし、読んだことで、余計に何が書かれているのか分からなくなってしまった。

それは、食事内容についての質問状らしかった。

一つ目の質問はこうだった。

『1．生の脳みそは　好き・どちらかというと好き・焼いた方が好き・どちらかというと嫌い・嫌い・その他』

多少の単語の違いはあるが、予想して読める。読めはするが、意味が分からない。というか、カトリーヌの頭が理解を拒否している。

（……落ち着くのよ私。前提として、ここでは脳みそは『普通の食材』なのね？　信じたくないけどそうなのね？）

カトリーヌが額を押さえる。

しかもこの質問状は、脳みそについて、「どう食べるのが好き? あ、もしかして嫌い? 好き嫌いってあるよね!」と聞いてきているわけである。

(やっぱり魔族って獣と同じなのかしら。これからここで生活するなんて、やっていけるかしら。ていうか生きていられるかしら。魔王様が私を頭からバリバリ食べるって想像、間違いじゃないかも)

カトリーヌの覚悟が揺らぎそうになる。逃げてしまいたい。でも和睦(わぼく)の約束を反故(ほご)にするなんて出来ない。

暗くなりかけたカトリーヌは、急いで頭を振った。

(とにかく! 婚礼の晩餐、ってやつで失敗しないようにしなきゃ! 脳みそくらいで怯(ひる)んでいる場合じゃないわ! ……って言っても、うう、生の脳みそかあ……)

エリンでは食べない部位だ。市場でバケツに捨てられているのを見かけたことはあるけれど、生々しくて目を逸らした。あれを、食べられるだろうか。

(アンヌなら、この質問状を見ただけで失神してるわね。私が代役で良かったのかもしれないわ)

げんなりしながら、カトリーヌはベッドから抜け出る。質問状に答えるためには、ずっと寝転がっているわけにはいかない。

すると、ベッドの下には折れたヒールの靴の代わりに、安定した太いヒールの靴と、スリッパが並べて置かれていることに気が付いた。

足を挫いたことを思い出して足首を見てみると、布が巻かれて固定してある。

「治療してくれたのかしら？」

そっと動かしてみると、少しの違和感はある。でも響くほどの痛みはない。鼻を近づけると、薬のようなつんとした匂いがする。

（少なくとも、頭からバリバリ食べられることはなさそうだわ。だって、この薬の匂いといったら、とても苦そうだもの）

治療をしてもらえたことに少し励まされて、質問状に答えるやる気が出てくる。カトリーヌはスリッパに足を滑り入れて、部屋の調度である書き物机の席に向かった。

机の上にはインクと羽根ペンが用意されている。

見たことのない極彩色の羽根がついたペンを手に取ると、わさわさと羽根が揺れた。羽根にペン先を取り付けたものではなく、軸の先にはペン先代わりの鉤爪が生えていた。軸はごつごつとした皮膚で覆われており、まるで鳥の脚にそのまま羽根をくっつけたようなペンだった。

「ヒッ！」

羽根ペンのグロテスクな姿に驚いて放り投げる。すると、ペンが一枚きりの羽根で器用に羽ばたいて、またカトリーヌの手の中に戻ってきてしまった。

「あなた動くの⁉」

驚くカトリーヌの手の中で、ペンが羽根を揺らした。まるで早く書け、と言っているようだった。

「わ、分かったわ。使わせてもらうわね。インクに浸けるからね。冷やっとするからね」

鉤爪の先にインクを浸すと、爪が突然に動く。そのせいでインクが散って、カトリーヌの頬に飛んでしまった。

なんて扱いにくい羽根ペンなのだろう。カトリーヌは恐怖も忘れて呆れるしかない。

魔族の城に来てから、ずっとおかしな物に囲まれている気がする。

（……でもここで心折れてたら、魔王城で暮らすなんて出来ないわ。こういうのは最初が肝心！相手は羽根ペン一本よ。ガツンと言ってやるんだから！）

カトリーヌはキッと厳しい顔を作るとペンの羽根の部分を握った。

「羽根ペンさん、大人しく文字を書かせてください！　じゃないとこの綺麗な羽根、むしりますよ！　私、鶏肉の下処理だって沢山してきたんです。どうやってやるか聞かせてあげましょうか？」

言ってから、鶏肉の下処理をしたことがある王女は居ないと気づくがもう遅い。まあ羽根ペンが喋ることはないから大丈夫だろう、と楽観することにする。それに脅し文句としては効きすぎるほど効いたらしい。

ペンは途端に真っ直ぐになった。羽根の色が全体的に青っぽくなって、羽毛はしおしおと萎れている。

「うん。そうしていてくれたら助かります。脅してごめんなさい」

少しペンが可哀想になったのでそう言ってやると、ペンの羽根はうなずくように上下に揺れた。

ペンと仲直りをしたところで、カトリーヌは改めて質問状の回答にとりかかる。

（嫌い、にチェックするのは、なんだか失礼な気もするわ。生よりは火を通した方がマシ？　でもそれで脳みそのグリルが好物だと思われたら？　わざわざ作ってくれたのに、食べられないなんてことになったら？）

う～んと頭を悩ませたカトリーヌは、結局『その他』にチェックをつけた。

その下には『食べたことがありません』と付け加えておく。分からないことには正直に答えるしかない、というのがカトリーヌの出した結論だ。

インクは見たことのない濃紺で、角度によっては白色にも紫色にも赤色にも光る。

（不思議で恐ろしいけれど、ちょっと綺麗。昔、お母様が身につけていらした首飾りの、オパールみたい）

誘惑するようなインクの色に見惚れながら、カトリーヌは亡き母を思い出していた。不思議と、目の前で映像が展開していくようにはっきりと思い出せる。

カトリーヌの母は、漂泊の民だった。占いを生業にしていた母は、エリン王国に来てすぐに、よく当たる美しい占い師として評判になった。

それを聞きつけたエリンの国王が、なかば攫うようにして母を愛人にしてしまったのだ。

『陛下の珍品好きには困ったものだ』と城の者たちは言い合ったという。王が作らせた立派な美術館には、様々な国の美術品や、いわくつきの呪いの品など、珍しいものがなんでも収められていた。

その蒐集品の一つのように、カトリーヌの母に別邸を与えて囲い込んだのだった。

そんな母は、カトリーヌが七歳のときに肺の病に臥せってしまった。

カトリーヌと同じブロンドの髪は、艶を失い絡まったままになっていた。エメラルドの瞳も、輝きをなくしている。そんな母を見るのが、とても辛かった。

「愛しいカトリーヌ。どんなときでも、希望を失っちゃだめよ。あなたは運命に勝てる、特別な力を持っているからね」

「特別なんかじゃないわ。わたし、お母さまみたいに占いが出来ないもの……」

カトリーヌが言うと、母は泣き笑いのような表情になった。

「いいえ、あなたは特別よ。もし辛いことがあっても、あなたらしさを失わないでね。いつでも、運命はあなたを……ゴホッ」

「お母さま！　無理におはなししないで！　このお花もどけてもらって！　肺によくないもの！」

別邸にはたくさんの異国の花が飾られていて、強すぎる匂いが混ざっていた。国王は、母を囲った館に珍しい草花を集めたのだ。国王にとって母は、その花の一つでしかなかった。占いの力を持つ、変わった、美しい花……。

「いいのよ、国王陛下のお心を無下に出来ないもの。それより、もう私は長くないわ。カトリーヌ、この首飾りをお母様だと思ってね」

カトリーヌに首飾りを渡す母の手は、やせて骨ばっていた。

首飾りを受け取ると、ほっとしたように母の目の光が弱くなる。

「……愛しているわ、カトリー……ヌ」

それを最後に、カトリーヌの母は目を閉じた。

「いやだ！　お母さま！　いやだ！　わたし、特別なんかじゃないの！　何にも出来ない！　お母さまがいないとだめなの！」

反応を返してくれなくなった母の胸に顔を埋めて、カトリーヌは泣いた。

握りしめた首飾りは、幼い彼女にはとても重く感じられた。

（……結局あの後、お母様の占いの才を引き継がないからと、使用人として別の部屋に移された。首飾りは壊されて、オパールは奪われてしまった。残ったのは飾りに使われていた、名のない緑の石だけ。でも、お母様と私の瞳と同じ色の大切な石……）

胸元に忍ばせた、小さな石のペンダントヘッドを服の上から握る。涙がこぼれそうになった。

すると、義妹のアンヌ王女の声が幻聴として聞こえてくる。

『クズ石を身につけるなんて、無才無能のカトリーヌらしいわね』

わざとらしく、奪ったオパールで作った指輪を見せびらかすアンヌの姿が、鮮明に蘇る。

カトリーヌは、母が亡くなった後、ずっと無才無能と虐げられてきた。

（お母様、私、やっぱり特別になんかなれなかったわ……）

ずっとこらえていた涙が、とうとう頬を伝う。様々な色へと偏光するインクを眺めていると、次から次へと思いが溢れてくるから不思議だ。

と、そのとき、柔らかなものがカトリーヌの頬をくすぐった。

見ると、羽根ペンが柔らかい羽毛で頬の涙を拭ってくれていた。

「ありがとう……なんだ、あなたって優しいんですね」

そう答えるカトリーヌの目の前で、質問状の端に羽根ペンが文字を書いていく。

『これは魔法のインクだ。ザコは幻覚を見て心を削られる。お前、ザコだな』

「ざっ、ザコじゃない！　ていうかあなた、筆談出来るの⁉」

まずい、喋れないと思って王女らしくない言葉を使っていたのに。そう焦るカトリーヌとは裏腹に、ペンは雄弁に文字を綴っていく。

『俺っちは特別な羽根ペンだからな。お前がザコじゃないってんなら、あれだな』

とまで紙に書いていた羽根ペンは、ひょいとカトリーヌの手の甲に飛び移った。

『弱虫』

「弱虫じゃない！　……って、手の甲になんてこと書くんですか！　魔法のインクだなんて、そうと知ってたら惑わされませんでしたっ！」

カトリーヌがムキになって言い返すと、ペンは「どうだか？」というように揺れてみせた。

「さっ、次、次！　ペンになんて構ってられないんだから！　ええと『2．生き血のスープは好き・どちらかというと好き・生き血はワインが至高・どちらかというと嫌い・嫌い・その他』……う、う～ん？」

首を捻ったカトリーヌは、ざっと質問状の全体を見る。全部で三十項目あることにまず白目を剝きそうになる。そしてそのどれもが、おそらく似た質問なのだ。

「これ、全部答えるわけ……？」

カトリーヌが力なく呟いたときだ。

「おうい！　まだ回答はもらえねえんですかい？　メニューが決まりませんぜ」

しわがれた声が扉の外から聞こえてきた。

続けて、思い出したようにノックが三回。「あ、いけねえ」という大きな独り言つき。

「どなたでしょう、ですわ！」

扉に駆け寄り、閉じた扉に顔を寄せて誰何(すいか)する。

「料理長のゴーシュでさあ！　すんませんが、質問状の回答をもらえませんかね」

荒い口調だけれど、腰の低い人物らしい。それに心から困っている様子だ。

「お待ちくださいね、すぐ持ってきますわ！」

カトリーヌは急いで書き物机に戻ると、まだ一問しか回答していなかった用紙を手に取って、扉に向かう。

扉を開けると、そこに居たのはゴブリンだった。ゴブリンというと、凶暴な魔物と聞いている。

小さな頃、絵本に出てきたゴブリンが怖くて眠れないと泣いて母を困らせたこともある。

母は、『全てのゴブリンが怖いわけじゃないし、意味なく襲ってくるものじゃないの。人間でも怖い人と優しい人が居るでしょう』と言った。母は嘘は言わないし、色々な場所を旅していたので物知りだと尊敬していた。でもそのときだけは、とても信じられなかった。ゴブリンが優しいわけない、と幼いカトリーヌは納得しなかった。

「あ、カトリーヌ様。すんませんね、調理場に立ちっぱなしなもんで、油っこくて、汚(きたね)えで」

カトリーヌが固まっていると、目の前のゴブリンが恥ずかしそうに皺(しわ)っぽい禿頭(はげあたま)を掻(か)いた。

前言撤回。

本で読んでいたのとは随分と違い、素朴な優しさを感じさせる。時を経て、母の言葉に納得出来た。確かに怖くないゴブリンだって居るのかもしれないと。

（それに、こんな質問状を用意してくれるってことは、私を気遣ってくれてのことだわ。お城の方たちをただ怖がっているだけなんて、失礼なのかもしれない）

カトリーヌの心は決まった。

にっこりと微笑み、質問状の紙をゴーシュに手渡す。

「ごめんなさい。回答は間に合わなかったのですが、あなたが得意なお料理を作ってくださいですわ」

「へ？　でもそれじゃあダメだって王子……いやいや、なんでもねえです。とにかくお口に合うものを作らねえとならないんで」

焦って紙を突き返そうとするゴーシュを、やんわりと押し戻す。

「多分、ここに書いてあるのは私が食べたことのないものばかりです。だから、好きとか嫌いとかで答えられませんわ。私は、あなたの一番得意な料理が食べたいのですわ」

「そ、そうですかい？」

まだ納得しきれないという様子のゴーシュだったが、得意料理で腕を振るうことが出来るのは嬉しいらしい。最後には張り切って厨房に戻っていった。

その姿を見送りながら、カトリーヌは密かに自分を恥じていた。

食材や料理について「信じられない」と最初から拒絶して、野蛮だと思ってしまった。魔族側は、質問状まで作ってこちらに歩み寄ろうとしてくれていたのに。

（そういえば、質問状はゴーシュさんが作ったものじゃないみたいだったわ。誰が用意してくれたのかしら？）

そんな疑問を残しながらも、晩餐会に向けてのカトリーヌの気持ちは少しだけ軽くなった。


晩餐会に向けての身支度の時間。

カトリーヌは疲れ果てていた。

部屋になだれ込んできた謎の幼女たちに、よってたかって身支度をされているからだ。

彼女たちの見た目は五、六歳くらい。ピンク色の髪をおさげにして、お揃いのメイド服を着ている。それだけなら、メイドには幼すぎるというくらいで不思議ではない。

ただ、その女の子たちはみんな同じ顔をしていた。双子みたいというより、線をなぞって写し取った絵のような感じだ。

さらには、スカートから伸びるのは脚ではなく、無数の蔓だ。その蔓をタコのようにくねらせて、せわしなく歩き回っている。

（これ以上驚くことはない、ってことが、次から次に起こるのね）

ピンク髪の女の子たちは、今はカトリーヌの髪を梳いて、絡まった葉や枝を取り除いてくれている。驚き疲れたカトリーヌは、されるがままだ。

「おひさまみたいなきれいな髪だねー」

女の子の一人が言った。

「違うよハチミツだよー」

「おいしそうだねー」

「アタシ、ハチミツ大好きー」

「アタシも好きー」

どんどんと声が重なっていく。みんなが好き勝手に言うものだから、カトリーヌが口を挟む隙もない。

「ドレスどこー」

「衣装室にチェリーが取りにいったよー」

「どのチェリー？」

「アタシたちみんなチェリーだってばー」

蔓で走り回る女の子たちは、ポポポポと不思議な足音をさせていた。現実離れした光景にめまいがしそうだ。

「あの！　あなたたちはチェリーって言うの？」

ピンク髪が右に左に走るのを、目で追いかけながらカトリーヌは訊ねた。

するとと、彼女たちが一斉に止まって、カトリーヌを見つめる。きらきらと光る空色の瞳が、嬉しそうに細くなる。

「そうだよー」「よろしくねー」「カトリーヌさまー」「湖の目のおひめさまー」「ハチミツの髪のおひめさまー」「ルルルンルン！　フェリクスさまのおよめさんー！」「ルンルン、ルンルン、うれしいなー」

チェリーと呼ばれた女の子たちが、歌いながらドレスを運んできた。

淡いピンク色のサテンと白いレースを重ねたドレスは、カトリーヌには少し大きい。腕に針山を巻いたチェリーに身幅を詰めてもらいながら、カトリーヌは訊ねた。

「こんな素敵なドレス、私が着てもいいのかしら？　誰か持ち主がいらっしゃるんじゃないの？」

「え～！　カトリーヌさまのためだよー」

「王妃さまが選んだんだよー」

「他にもいっぱいあるよー」

「で、でも、ピンク色のドレスって私初めてだわ。似合わないんじゃ」

「薔薇色(ばらいろ)の頬にぴったりだって王妃さまが言ってたよー」

「この髪留めも王妃さまが選んだんだよー」

カトリーヌの髪をアップスタイルにまとめていたチェリーが、そう言って珊瑚(さんご)の石のヘアアクセサリーをつけてくれる。ドレスもアクセサリーも見るからに高級品で、壊したり汚したりしないよう、カトリーヌは人形のように動けなくなってしまった。

レースの手袋をはめて、サファイヤの首飾りを巻けば完成だというところで、チェリーの動きが止まった。

「あれ？　手袋っているんだっけー」

「手袋はなしって言われたきがするー」

「だれにー？」

「わすれたー」

「それよりカトリーヌさま、ペンダントつけてるんだねー」

「これは、その、王女らしくないわよね。宝石でもないし、クズ石……ですわよね」

チェリーが指したのは、母の形見のペンダントだった。

アンヌの真似をしてみようとしたものの、「クズ石」と言葉にする瞬間に胸が痛んだ。すると、そんなカトリーヌにしがみつくようにしてチェリーたちが集まってきた。

「えー！　この石すっごくきれいだよー」

「すごくあったかい力がこめられてるよー」

「カトリーヌさまの目の色にもぴったりだよー」

カトリーヌのペンダントを見ようと、チェリーたちが集まってくる。

肩や背中にまで乗っかってきて、重いやら暑いやらだけれど、なんとなく嬉しい。

「ねーねーカトリーヌさまもこれ、ほんとはすっごく大事だよね？」

膝の上に乗ったチェリーが、くりっとした空色の瞳で見上げてくる。純粋な目で見つめられて、カトリーヌは言葉を失ってしまった。

確かに、クズ石なんて思ったこともないし、言いたくもなかった。

名もない石だけれど、ずっとずっと大事にしていた。

「そうよね、クズ石なんかじゃないわ。大事なの……すごく」

気づかないうちに涙がこぼれていた。膝のチェリーがカトリーヌの頬を、小さな手で包んでくれる。

背中に乗ったチェリーが抱き着いてくる。ドレスの裾に取りついていたチェリーが、短い腕を伸ばしてカトリーヌの頭を撫でてくれる。

「いいこ、いいこ、だよー」

「ぎゅってするよー」

「泣かないでー」

「ありがとう。みんな、優しいのね」

カトリーヌがチェリーたちをまとめて抱きしめ返す。真っ直ぐな優しさを受けたのは、久しぶりだ。こみ上げる気持ちに、涙も次から次へとあふれてくる。

そのとき、胸の中に暖かい陽が差したような、不思議な感覚があった。

『ぽわん』

と胸の中で何かが鳴った。心臓の鼓動とは別の音。同時に、つぼみがほころぶような感覚がある。ほころんだ場所から全身に向けて、血流のようにあたたかいものが巡る。それは一瞬のうちに溶けて吸収されていった。

「なに？　今の……」

「なにがー」

思わず呟いたカトリーヌを、チェリーたちが首を傾げて見つめる。

「なんでもないの、気のせい、かな?」

カトリーヌ自身もよく分からないまま、胸に手を当てて首を傾げるしかなかった。


チェリーたちに身支度を整えてもらったカトリーヌは、ほっと一息をついて、部屋をぐるりと見渡してみた。大きな窓からは、てっぺんから少し傾いた日差しが脚を伸ばして差し込んできている。日当たりもよくて、広さもある。家具もどれも立派だ。

しかし――、

(埃が少し残っているわ。それに窓の手すりも錆びているし、燭台も曇ってる。空気を入れ替えて、あ、その前にカーテンも洗いたいところ。うん。そうすればもっと素敵な部屋になる。部屋と仲良くなれるわ)

カトリーヌはついお掃除計画を考えてしまっていた。カトリーヌは一種の掃除魔なのだ。

使用人としてずっと働き続けていたので、働いていないと落ち着かないというのもあるが、もう一つ、大きな理由がある。母が口癖のように語っていたことが影響している。

まだ母が元気だったころ、幼いカトリーヌに、母はよく旅の話をしてくれた。

「私たちはどこにでも旅していくけど、テントを張ったらその周りを心を込めて整えるの。そうすると、場所と仲良くなれるのよ。それが居場所というものなの。だからあなたも、部屋を綺麗にしなさい」

漂泊の民であった母は、懐かしそうにそう語った。

母を病気で亡くして、正妃たちから虐げられるようになってからも、カトリーヌは母の言葉を思い出しながら熱心に掃除をした。整えることで、エリン王城という場所と仲良くなりたかった。

結局、エリン王城で居場所を得られることはなかったけれど、掃除をしていると母の思い出に繋がれる気がして、心が癒やされていた。

しかし今、カトリーヌは掃除欲を抑えるしかない。

さすがに、エリン王国の王女として嫁ぎに来た初日に、掃除をするのはおかしいという自覚はある。

しかし、しかし。

(目の前にこんなに磨き甲斐のある銀の燭台があって、磨かないでいられるかしら。いや、無理)

「お酢……お酢とお湯が欲しいわ……。先ほどの、ゴーシュさんと言ったかしら？　料理長に言ったらもらえないかしら……あのゴブリンさんは、優しそうだったわ」

思いついたらもう、頭の中はピカピカに磨かれた銀のイメージでいっぱいだ。今の不安も、きっと掃除をすることで癒やされる。

考え始めたらもう止まらない。カトリーヌは幽霊のようにぼうっとした足取りで、部屋の扉を開けた。

そのとき、彼女の目の前にさっと立ちはだかる青い鎧があった。鈍い音がして、その後に額の痛みがやってくる。

「いったたた……」

出合い頭に鎧に額をぶつけたらしい。

「ひえ、カトリーヌ王女！　大丈夫ですか！」

立っていたのは、首なし騎士(デュラハン)のサージウスだった。

「すみません。いやあ、食事にお呼びしようと思ったら、突然出てこられるものだから～！　ははは！　なにかご用事でしたか？」

軽い調子でサージウスが訊ねた。

「い、いえ。なんでもございません。実は、お腹(なか)が空(す)いてしまって、お食事会はまだかなあ、なんて。今日はアフタヌーンティーもしておりませんでしたの、ですわ」

銀を磨くためにお酢をもらいに行くところです、などと言えるはずがない。カトリーヌは恥ずかしさを覚えつつ、空腹を理由にした。空腹なのも嘘ではないし、と。

「それは気が付きませんで！　すみません、お茶の習慣をメイドたちに覚えさせましょう。しかしこれで、婚礼の儀の食事はたくさん召し上がっていただけるわけですねえ」

笑いながらサージウスが先を行く。

「しかしですね、カトリーヌ王女。お一人で城内を歩き回るのは、やめた方がよろしいかと。誰でもいいので、申し付けていただければと」

「すみません。そうですよね、城内を探り回るつもりはないのですが、軽率でした」

カトリーヌは反省して答えた。自分の立場について、深慮するべきだった。

「あ、いやいやいや、何かを疑うとかじゃないんですよ！　ただ、この城を守る蜘蛛女が居ましてね、そいつが城中に糸を張り巡らせているわけです。お一人で行動されると、糸で怪我をされる可能性もあるんです。ご不便をおかけしますけど」

「そうなんですね。蜘蛛女さん？　がお城を守ってくれるなんて、すごいですわ」

「すごいっつーか、半分本能っつーか。この城全体を巣だと思ってんすよ。まあ城の警護は天職ですね。もちろんカトリーヌ様の部屋の周りも警護しないとならないんで、一歩出たらもう糸だらけだと思ってください」

「そう、ですか」

「蜘蛛女が巣の仲間だと認めれば、一人で歩くことも出来ますがね。しばらくは一人で歩かない方がいいですよ。誰か呼びつけてください。俺でもいいんで！」

サージウスが明るく言った。

（よそ者なのに勝手に歩き回ろうとしたのは、よくなかったわね）

心の中で反省しながら、大広間での晩餐会へと向かったのだった。

1・5章　フェリクス王子とサージウス

時間は戻り、カトリーヌが魔王城の立つ峠の入り口に差し掛かろうという頃。魔王城の天守に位置する、王子の部屋でのこと。

部屋には王子と首なし騎士サージウスが居た。王子は熊のように部屋を歩き回って、落ち着かない様子だ。サージウスは脇に抱えた兜(かぶと)のバイザーの奥から、そんな王子を眺めていた。

「ちょっとは落ち着きましょうよ、フェリクス王子」

呆(あき)れを隠さずにサージウスが言った。

「しかしだな、サージウス。まもなく約束の刻限だぞ？　道中なにかあったのではないか？」

「すっぽかされたんじゃないすか～？　もしくは逃げ出したか」

サージウスが軽口で返す。ぐるぐると歩き回っていた王子の足が止まった。

「嫁いでくる王女は、お前が仕える相手にもなるんだぞ？　侮辱するようなことを言うな」

「でもヒト族の、しかもあの性悪な王の娘ですよ～？　素直に嫁いできますかね？　俺らのことまとめて『魔族』なんて雑に呼びやがる、ヒト族の無知と高慢を煮詰めたような娘が来たらどうします？」

「父上も言っていただろう。偏見で目を曇らせるな」

「この通り、俺には目ってやつがありませんけどね。そう、あいつらアンデッドもまとめて魔族って言うんだった。ねえ王子、俺と王子が同じ生き物だと思います？」

サージウスがおどけた様子で兜を差し出して、バイザーを跳ね上げる。本来なら眼球がある場所だが、そこには二つの光だけがある。

「今はややこしい話をしている場合ではない。とにかく、父上の決めた婚姻だ、期待に応えなくては。僕なんかに嫁がされて憐れなご令嬢だ……」

「真面目なのはいいんすけどねえ。めっちゃ自己評価低いの、なんとかなんないんすか」

「うるさい、今はまず王女の受け入れについての心構えをだな……」

王子がそう言いかけたときだ。

——ピーギュイ！　ピーギュイ！

しわがれた、甲高い声が城内に響いた。城の守りを固める蜘蛛女——アラーニェの警戒音だ。彼女の探査糸が、城に通じる道に仕掛けられている。その糸に何かが触れたらしい。

「アラーニェが怒っていますね。馬車かな？　彼女、馬車が嫌いだから。追い払ったみたいですね」

「ふむ。馬車を追い払ったと。それはつまり……」

そこで王子はサージウスを見た。

「きっと王女の乗った馬車だ　追い返してどうする！」

「アラーニェに細かい注文なんか通りませんよ！　アレ、本能で城守ってんですから！」

「とにかく、四騎士で迎えにあがるんだ！　丁重にだぞ！」

王子が手を振って指示を出す。

「はいはい、ヒト族の王女様ね。どんな嫌味で高飛車なご令嬢が来るやら……」

「いいか、『丁重に』お迎えしろよ」

声を低くして王子が念押しすると、サージウスは慌てた様子で部屋を出ていった。

走り去る足音を聞きながら、王子は再び部屋の中をうろつき始める。

「あのむさ苦しい騎士たちで大丈夫だろうか……。なにしろ筆頭はあのアマデウス将軍。サージウスもいい加減な奴だし。ああ、心配だ！　やっぱり待て！」

そう叫ぶと、王子は急ぎ足で部屋を出ていった。

獰猛な魔王の息子にして、堕落を振りまく悪魔のような王子、とエリン国内で噂されているフェリクス王子。彼は自ら花嫁を迎えに赴くため、馬を駆って出ていったのだった。


山道で、王子と四騎士はカトリーヌと遭遇した。そこで気絶したカトリーヌ王女を連れ、サージウスが、王子と他の三騎士に先駆けて魔王城に戻った。

サージウスは用意された部屋にカトリーヌを運び、ベッドに寝かせた。そこに、王子が戻ってきた。

カトリーヌの部屋の前に立つ王子は、苛立ちと焦りを隠せない様子だ。なにしろ息を切らし、髪は乱れ、白の鎧には草が張り付いている。

「ど、どういうつもりだ！　僕の花嫁だぞ！」

　そう言って部屋に入ろうとする王子を、サージウスは体でふさいで通せんぼする。

「あれ、早かったですね。フェリクス様の馬は繊細なんですから、あんまり無茶させたらだめですよ。それに、花嫁の部屋にいきなり入ろうとするのもよくないですね」

　どーも、と軽い調子で王子から受け取った兜をあるべき場所に乗せながら、サージウスが言った。

「お、お前はいいのか？　カトリーヌ王女を抱えて、その、ベッドに運ぶなど……」

　言いよどむ王子に、サージウスは呆れて首を鳴らした。正確には、兜と鎧の繋ぎ目をギシギシとさせた。その際に兜（かぶと）が落ちたが、もはや二人とも気にしなかった。

「その反応が答えですって。俺は城に仕える身ですよ、王太子妃になられるカトリーヌ様にも仕えるってことです。そのうえアンデッドで生き物じゃありません。俺がベッドまでお運びするのと、王子が運ぶのと、意味が違うじゃないすか」

　サージウスはカトリーヌの眠るベッドを振り向いて見やりながら、「それに」と言葉を続ける。

「汗みずくの泥まみれで山歩きをしたあとに、無防備に失神したんですよ？　そんな姿を、未来の夫に見せたい乙女（おとめ）が居ますか？　乙女心って言葉の意味分かります？」

　そもそも王女としては、山歩き中に王子と初対面などしたくなかっただろう、とサージウスは同情する。化粧も髪も直して、出来ればドレスも着替えて、完璧（かんぺき）な状態で会いたいに決まっている。

　カトリーヌ王女の出迎えに王子がついていきたいとごねた際にも、サージウスは止めようとした。

　しかし、王子は頑として聞き入れなかった。仕方なく、せめて騎士のふりをしてくれと頼んだのだった。

まったく王子の鈍いのにも参ったものだ、と考えながらサージウスが王子に目を向ける。

王子は、うつむいて顎に手を当て考え込んでいた。サージウスの言葉と態度で、自分がやらかしたことに気づいたようだ。

それにしても、ヒト族の乙女であれば放っておかない容姿だ、と王子を眺めながらサージウスは思う。髪が乱れても葉っぱをつけていても、王子の顔面力には何の影響もない。しかし王子にそれを伝えることは出来ない。

顔も体もヒト族そっくりの姿で生まれた王子は、それを周囲に指摘されてきて、コンプレックスになってしまっている。ヒト族にモテますよと言われても複雑だろう。長く争ってきたエリン王国、ひいてはヒト族について、この国ではイメージが悪すぎるのだ。

魔族らしい容姿は遺伝しなかったが、王妃から魔力は受け継いでいる。しかしその能力の内容がまた面倒な問題をはらんでいて……とまで考えたところで、サージウスは思考を止めた。

王子に同情的になりかけていたし、同情心は面倒ごとを呼ぶからだ。サージウスは面倒ごとが何よりも嫌いだ。

もしかしたら、ヒト族であるカトリーヌ王女との交流が、王子にとって良い影響となるかもしれない。そうなってくれたら嬉しい、とサージウスは思う。その方が面倒が少ないから。

サージウスが、ふう、とため息をついた。

ため息を聞きつけた王子が、顔を上げる。

「忠告を聞かず、すまなかった。僕に乙女心というものと、ヒト族のご令嬢に対するときのマナーを教えてくれ」

王子は大真面目だった。正面から頼まれてしまっては、仕える身であるサージウスに断る選択肢はない。

「分かりました。ただし、その白い鎧を脱いで、王妃陛下の満足する衣装に着替えてくるのが先です。王子、王妃に衣装合わせに呼ばれていたのを放って出迎えに行きましたよね？」

「う……！　しかしそれでは、時間が足りなくないか？　母君はきっと張り切って派手な服を沢山出してくるぞ」

「王子の衣装を選ぶの、楽しみにしてましたしね～。だからこそ、それを無視して勝手に出迎えに行ったなんて大目玉ですよ。迎えに行ったことはどうせバレますから、せいぜい着せ替え人形になって点数稼いでおいてください」

「……分かった。王女が目を覚ましたら、アレをお渡ししてくれるか？」

案外と素直に納得した王子は、サージウスの鎧の胸を叩いて言った。

「あー、アレっすね。もちろんです。ちゃんとお渡ししておきますよ」

サージウスが鎧の内側から一通の書面を出してみせる。王子は満足気にうなずいて、カトリーヌ王女の部屋から出ていった。

後に残ったサージウスは、「やれやれ」と呟いて兜を拾うと、小脇に抱えたのだった。

王妃との衣装合わせを終えたフェリクス王子は一人、豪奢な衣装を着て私室に居た。さんざん着せ替えられた末に決まった衣装は、重いやら窮屈やらで気に入らない。

さらに気に入らないのは、カトリーヌの件だ。サージウスに言いくるめられたものの、冷静になってみれば妻になる女性を横からさらわれたようで、釈然としない。そのうえ、サージウスはなかなか現れなかった。

（どういうつもりだ、あのお調子者は）

そんなことを考えて悶々としていると、カトリーヌの部屋からサージウスが戻ってきた。

「おい、遅すぎるぞ。何を話していた」

さっそくサージウスに絡むと、「そんなことより、忙しいですよ。今夜には婚礼の晩餐なんでしょうが」とかわされてしまう。

「王子、女性の扱いなんかまったく分かんないですよね？　付け焼き刃っすけど、これから詰め込んでいきますから覚悟してください」

と、まで言われて肩を掴まれる。

失礼な、と思うものの、サージウスの迫力に押されて王子は「う、うむ」とうなずくしかなかった。

「いいすか王子。目を見て、手を握り、とにかく褒めるんです。褒めるとこがなくても探し出して褒めるんです。ご令嬢を褒めるのは基本の挨拶だと思ってください」

長椅子に並んで座り、フェリクス王子の手をとりながらサージウスが講釈をたれる。

王子は苦々しい表情を隠さず、サージウスも男の手になど触れたくないといった風である。

「褒めるところがなくても、など失礼な物言いだな。カトリーヌ王女は、一人で元敵国であるゼウトスに来てくれた。普通の覚悟で出来ることではない。立派だ」

「いや、覚悟を褒められて嬉しいご令嬢は、普通は居ないっすね。髪がどうとか手がどうとかドレスがどうとか、化粧がどうとか声がどうとか、そういうところを褒めるんですよ」

「そうか？　彼女の覚悟と根性はなにより素晴らしいと思うが」

「根性も禁止です。ほら、思い出してください。どんな様子でした？」

「どんなと言っても……」

王子がやや上方を見て、山道で会ったカトリーヌの姿を思い出そうとする。サージウスの兜も、つられて同じところを見上げた。

「ボロボロだったな」

「ボロボロでしたねえ。……ドレスも裂けてましたし、ヒールも折れてました。手は傷だらけで、髪も乱れて、化粧は落ちてた。けど、頬は白くて柔らかで、声は澄み透っていましたね」

うんうん、と兜を上下に動かすサージウスの横で、王子がジトッとした視線を向ける。

「サージウス。一言言いたいのだが、いいか？」

「なんすか？」

「彼女のことを僕よりも詳しく語るな。そもそもお前がカトリーヌ王女をお運びしたこと、喜んで受け入れたわけではないからな！　お前が乙女心がどうこうと、うるさいから……！」

兜の頭頂の房飾りを掴みながら、王子がサージウスに詰め寄った。

「それですそれ。俺は王子が分からない乙女心ってやつと、ご令嬢向けのマナーを教えるよう、頼まれて来たんですよね。頼んだの、誰でしたっけ？」

「む。それは、僕だが……」

サージウスの房飾りを掴んでいた手を放し、王子は腕を組む。

「ですよねぇ⁉　教えろと言ったのは王子！　教わらなくて困るのも王子！　オッケー？　真面目にやってくださいね」

「む……分かった」

サージウスの言葉に、王子は渋々といった風にうなずいた。

「じゃ、続きです。晩餐会にはバッチリ素敵なドレスに髪型、薔薇色の頬ってな感じで来てくれますから、適当にそこら辺を褒めましょう」

「ふむ。だが心にもないことは言えないからな」

「大丈夫でしょう、カトリーヌ王女は、俺の見たところ、内面も外見も素敵なご令嬢みたいでした。王子が思ったことをそのまま言えば褒め言葉になるんじゃないすかね。覚悟と根性以外で」

「覚悟と根性以外か……」

「いやあ～、着飾ったら美しくなるだろうなあ～、原石だったなあ～。足の手当ても簡単にさせてもらいましたけどね、小っさい足で、壊れ物みたいに繊細でしたよ」

さり気なく頭上の房飾りをガードしながら、したり顔でサージウスが言った。

「なるほど。僕に代わってお前が彼女の姿をよーく見ていたのは、分かった。一旦それは許してやるから、マナーの続きを教えてくれ」

「青筋立てながら言わないでくださいよ。えーとそうっすね、手の甲に口づけするってのも、聞いたことがありますね。敬意を表す挨拶らしいです」

「手の甲に？　口づけ？　嘘じゃないだろうな？」

自分の手をまじまじと見つめながら、王子が訊ねる。

「本当ですって。ヒト族っていうのは独特の挨拶を重視するらしいですから。ご令嬢がお辞儀をマスターするまで、三年はかかるって噂も聞きました」

「そ、それは難儀だな。僕もしっかりとマナーを覚えねば、失礼にあたるというもの。まとめると、手を握り、褒めて、手の甲にキスだな？　敬意を表すにはそうすれば良いのだな？」

「ん～、まあそういう感じです。あ、ご婦人は手袋をはめてるときもあるんですよ」

「なに？　その場合はどうするのだ？」

王子に詰め寄られて、サージウスは目を逸らした。

実はサージウスとて、ヒト族のレディと特別親しくしたことがあるわけではない。

ただ、鎧姿であるのをよいことに、ヒト族の領地をふらついたことがあるくらいだ。

「今日は手袋をつけないよう、衣装係に言っときましょう。それで解決！」

「つけていた場合のことは知らないのか」

「知らないわけじゃないです、偶然忘れただけです」

誤魔化すサージウスに、王子が胡乱な目を向ける。

「あ〜、と！　最後に一つ！　これは重要ですよ！」

サージウスは大きな声を上げて、無理に話題を切り替えた。王子の肩にガッと腕を回し、重大な秘密でも告げるように、ひそひそとした声で言う。

「言葉遣いは丁寧に。それから、低い声で甘く囁くんです」

「そ、それは礼儀か？」

つられて声を潜めた王子が聞くと、サージウスはさらに深刻そうな声を作って言った。

「いえ、ご令嬢がときめく秘訣です。いいすか、ご令嬢はときめきを求めていますからね」

「う、うむ。心しよう」

王子が大真面目な顔を作ってうなずいた。


サージウスの講義を終えた王子は、続いて厨房へと降りていった。生真面目な彼は、花嫁を迎える準備を万全にするために忙しく動き回っている。

「くっ、なんてことだ！　母君に着せられた衣装が派手すぎるし重すぎる！」

調理台の並ぶ厨房に足を踏み入れてすぐ、王子はそう呟いた。細かな宝石が縫い付けられたマントを重そうに翻しながら、調理台の間を歩くのは大変だ。

「そうですかい？　よく分かんねえですけど、お似合いですよ。目出度えことなんですから良いでしょう」

どうでもよさそうに返事をしたのは料理長のゴーシュだ。

その言葉に対して、王子は無言で返答の代わりとした。言葉を発さないまま、真剣な顔で厨房の台に並べられた皿の盛り付けを眺めていく。

おもむろに懐から書物を取り出すと、ページをめくり、皿と見比べ始める。

「それはなんですかい？」

「旅行記だ。東の国のヒト族の探検家が書いたもので、色々な国の料理のスケッチが載っている。ヒト族風のな。……うむ、僕の頼んだ通りに盛り付けてくれたようでなによりだ」

「初めてのことなんで、よく分かりませんがね。言われた通りにしただけですよ」

「それがありがたいのだ。僕のこだわりで手間を掛けた。王女には、出来るだけ安心してほしくてな。礼を言う」

そう言って会釈する王子のマントがまた揺れる。

ソースが付きそうになったところで、ゴーシュが慌てて皿をどかした。

「お、王子！　もう行った方が良いんじゃないですかい？　そろそろ食事運ばないといけねえですから！　ほら、ワゴンがもう降りてきちまいましたよ」

そう言ってゴーシュが指した先に、配膳（はいぜん）用のエンベーターがある。

ちょうど到着したところで、鈍い音を立てて扉が開く。そこには配膳用の自走術式ワゴンが待機していた。

ワゴンは遊んでもらいたがる犬のように、ぐるぐる回りながらエレベーターを飛び出した。

調理台の横に滑り込むと、早く料理を載せてくれとばかりにガチャンガチャンと跳ねる。

「ほら、もうこれ以上ここに居ても、おきれいな服が汚れるだけですだ！　忙しいから出てってくだせえ！　王女様を待たせたらいけませんよ！」

「ま、待て！　まだ心の準備が、じゃなくて、確認したいことがあるんだ！　ええと、こちらに散らしたミントだが……って押すなゴーシュ！」

「腹くくって行くだよ！　こっちゃあ忙しいんだ！」

「しかしだな！　そうだ！　ゴーシュはエリンのヒト族式の挨拶というのを知っているか？　先ほどサージウスから聞いたが、あれを僕がするのかと思うとだな」

「知りませんですだ！　俺の料理に注文つけたんですから、王子もうまくやるんですよ！　晩餐会を台無しにしたら承知しねえですからね！」

喚(わめ)く王子の背をぐいぐいと押して厨房から追い出すと、ゴーシュはため息をつく。

「まったく、うちの王子の内気なのにも困ったもんだぁ」

ひとりごちるゴーシュの横で、落ち着きなくワゴンが動き回っていた。

2章　婚礼の晩餐会

魔王城の大広間。

床は大理石。石の柱には幻獣たちの姿が彫られていて、壁には大きなタペストリーが掛けられている。

（普通だわ。すっごく、普通）

カトリーヌは、大広間をさりげなく観察して思った。

カトリーヌの想像していた魔王城のおぞましいイメージとは違う。城のあらゆる場所に頭蓋骨が積まれているとか、魔王は常に人間の指をしゃぶっているという噂を聞いていたのだが……。

大広間には、城に仕える者たちも集まっていた。端には首なし騎士のサージウスや黒の騎士アマデウス将軍、料理長のゴーシュも立ち並んでいる。

テーブルの周りでは、チェリーたちがちょこちょこと動き回っている。

自分の近くに視線を移すと、架台の上に板を渡して作られたテーブルには、真新しい白いクロスが敷かれている。

客人への心遣いが伝わってきた。汚れの目立ちやすい白いクロスは貴重なものなのだ。

（染み抜きって大変なのよねえ。王城の洗濯メイドたちと一緒に、手を真っ赤にしたっけ。街の洗

濯屋のおばさんから秘訣を聞いて、染み抜きに成功したときは嬉しかったなあ）

呑気にそんなことを考えてみたりもする。

しかし、正面に座る相手は恐怖を煽る異形としか言いようが無かった。

つまり、軽く現実逃避をするためにカトリーヌは大広間の様子を眺めていたのだ。

「本当に、遠いところをよくぞ来てくれた！　儂は娘というものが欲しくてな。いやはや、こんな愛らしい娘を迎えられる日が来るとは！」

地響きのような声とともに、正面から熱い風が吹き付けてくる。頬を撫でるその風に、かすかに血の匂いを感じた気がした。

前に座るのは魔王、ミノス王だ。

ミノス王はミノタウロス族だった。

牛頭に、腕は四本。目は一つで、深い紫色をしている。その瞳は見つめるだけで魂を吸い取られそうだ。大きな体は岩のような筋肉で覆われており、手足の爪は一本一本がナイフのように鋭い。

「ひッ……！　こ、こちらこそ、陛下にお目にかかれて、えーと、恐縮ですわ」

本当に恐縮しながらカトリーヌが答える。空腹も忘れている。内臓が縮み上がっているのが分かった。

「遠慮はしないことだ！　ここはカトリーヌ殿の城、儂らはカトリーヌ殿の家族になるのだ。国同士の事情もあるが、これからはお互い相争わず……」

「嫌ですわミノスったら、お嬢さんにそんな話をしてもつまらないでしょう。ね、カトリーヌちゃ

ん。私の選んだドレス、とっても似合っていて嬉しいわ」

ミノス王の言葉を遮ったのは、カーラ王妃だ。

彼女は漆黒の髪に真っ赤な瞳を持つ美女であり、カトリーヌより少しだけ年上のようにも、数百年間生き続けているようにも見える。唇も血に染まったように赤く、艶(なまめ)かしい。

絵画の中の歳(とし)をとらぬ美女のような雰囲気だ。ミノス王のように恐ろしい見た目はしていない、……少なくとも上半身は。

「おおカーラ、それもそうだ。まったく野暮(やぼ)でいかんな。いやはやミノタウロス族はどうもデリカシーの面でモテなくてな」

「あら、吸血種のなかでも最も気高い蔓薔薇(つるばら)族の、さらに一番いい女の私を娶(めと)ったあなたがモテないなんて御冗談を」

「随分とつれなくされたように記憶しておるがなあ」

「そうだったかしら」

(蔓薔薇族というのね……どうりで)

カトリーヌがさりげなく床に視線を落とすと、無数の太い蔓がタコの脚のように広がって、大広間の床の四分の一ほどを覆っている。蔓のところどころには可憐(かれん)な赤い花が咲いている。王妃の周りは濃厚な花の香りにあふれていた。

「カーラ、いやはや、そなたが儂を受け入れてくれたのは、まったく奇跡のようなものだ」

「あなたの情熱に負けたのよ、ミノス」

「カーラ」

「ミノス」

目の前では、睦まじい夫婦のいささか見ていられないイチャつきが繰り広げられている。

カトリーヌは、夫婦の姿に失神しないようにするので精一杯だ。しかし、忘れてはいけないのは、ここは外交の場だということだ。相手の雰囲気に飲まれっぱなしではいられない。

カトリーヌは背筋を伸ばし、出来るだけ優雅な笑みを作って頬に浮かべる。頬の筋肉がうまく持ち上がらなくて、微笑むだけで苦労した。

言葉遣いも、出来るだけ王女らしく。

「本当に、ミノス王陛下とカーラ王妃陛下は素敵なご夫婦でいらっしゃいます。憧れますわ。私も、王子殿下を少しでもお支えしたいと思っておりますですの。今日も、お会いするのを楽しみにして参りましたのですわ、おほほ」

遠回しに伝えるのは、身分の高い人たちの癖みたいなものだとカトリーヌは思っている。彼女が言外に指摘したかったのは、フェリクス王子の不在だ。

「ごめんなさいね。フェリクスったら遅いわよね、何してるのかしら。あの子、朝からずっと落ち着かなくてねえ、こそこそ何かしているのよ。失礼な息子でごめんなさい。嫌いにならないであげてほしいわ」

「嫌いになんて、とんでもないです！　ですわ！　本当にこのたびの婚姻はありがたいお申し出ですわ。和睦を提案してくださったのは、ミノス王陛下からですよね」

遠回しの意図が伝わったのはいいけれど、皮肉にとられてしまっては大変だ。カトリーヌは慌てて、真っ直ぐな言葉を返した。そうした方が、ずっと気持ちよく喋れた。

「うむ、そうであるな。カトリーヌ殿には、婚姻を和睦条件として使ってしまって申し訳ない。エリン王国側の状況を考えると、厳しい条件を出すことも出来なくてだな。いや失礼、儂は言葉をうまく飾れないものでな。貴国を侮蔑しているわけではない」

「ええ、分かっています。お気遣いはいりません。ですわ」

「うむ。……せめてカトリーヌ殿にはなんの不便もないように過ごしてもらいたいのだが、いやはや準備不足で。バカ息子もなかなか来ないしだな……！　まったくあいつは！　もう！」

水の入ったグラスを持ったミノス王の、丸太のような腕がブルブルと震えている。

「あいつは、いっつもそうなのだ！　真面目で良い奴だが、ズレておるのだ！　しかも顔が怖い！」

「落ち着きなさいよミノス。顔が怖いのはあなたの方よ。カトリーヌちゃんが怯えてしまうわ」

「だ、大丈夫です！　フェリクス王子殿下もご準備があるのでしょうから！」

王妃とカトリーヌが、二人がかりで王をなだめていると、背後から涼やかな声がした。

「誰がバカ息子ですか」

「そうそう、フェリクスはバカ息子なんかじゃなくってよ。……って」

「ふむ？」

「あら？」

「はぇ？」

ミノス王、カーラ王妃、カトリーヌの間の抜けた声が揃う。

カトリーヌは、正面に座る王と王妃の視線から、自分の席の後ろに誰が立っているのかを覚った。

(フェリクス王子が、いらっしゃる！)

今さっき、ミノス王が『顔が怖い』と評していた王子が、『堕落を振りまく悪魔のような男』とエリン王国内で噂される件の王子が、背後に居る。ぴりっとした緊張がカトリーヌの全身を貫いた。

「おお、フェリクスよ。やっと来たか。レディをお待たせするものではないぞ」

「早くお座りなさい。分かっていると思うけれど、席はカトリーヌちゃんのお隣よ」

カーラ王妃が扇子でカトリーヌの隣の席を指す。

「親の欲目で恥ずかしいが、優しい息子だ。カーラにそっくりでな。ぜひ仲良くしてやってほしい」

「あら、ミノスに似ていてよ。強くて賢いところが」

「カーラ」

「ミノス」

またも目の前で二人の世界に入ろうとする夫婦の会話は、ろくにカトリーヌの頭に入ってこない。

フェリクス王子の気配を感じながら、うつむいてテーブルセットを見つめる。白いお皿の金の縁取りに、不安げな自分の顔が歪んで映る。

足音がすぐ後ろを横切る。

隣の椅子をチェリーが引いた。

王子がどのような姿なのか、旅の途中の恐ろしい噂や、ミノス王とカーラ王妃の姿から、カトリーヌはずっと想像していた。王子の姿を見て悲鳴を上げないための、心の準備として。

想像の中の王子は、カーラ王妃のように下半身が蔓であったり、ミノス王のように牛頭であったりした。

王子に見つめられると幻惑されるという噂もあったので、見た者を石に変えるゴルゴンのように、蛇の髪を垂らしているのかもしれない。あるいは蛇の代わりに植物の蔓が蠢いているのかもしれない、とまで考えていた。

「遅くなりまして申し訳ありません」

王子が着席したのだろう。声がすぐ隣から響いてきた。

なぜかその声を、聞いたことがあるような気がした。

こっそり胸に手を当てて、母の形見のペンダントを握りしめる。

（大丈夫。どんなに恐ろしい姿であっても……失神はしないわ！　耐えるのよ！）

密かに深呼吸をしたカトリーヌは、再び背筋を伸ばした。

すぐ近くで、王子に見つめられているのが分かる。視線を、横顔に感じる。

カトリーヌは首を回し、ゆっくりと、出来るだけ優雅に顔を向ける。

つややかな漆黒の髪がまず目に入る。紫色の瞳がこちらを見つめている。

人間離れした、絵画のように整った顔がそこにあった。

王妃に似てはいるが、瞳の奥には男性的な力強い光がある。その目に捕らわれて、カトリーヌは顔を向けた姿勢のまま固まってしまった。

微笑んで挨拶どころではない。だって――、

「あのときの！　白の騎士様⁉」

峠道で出会った騎士たちのなかに、彼は確かに居たのだ。

「騎士？　なんのことかしらフェリクス。迎えに上がったのは四騎士だけだと聞いているけれど？」

「いえ、なんでもありません母君。僕はカトリーヌ嬢の出迎えに無理に同行したりなどしていませんよ」

「したのね」

呆れた、という声色で王妃が言った。

一方、カトリーヌといえば混乱の真っ最中だ。

王子は異形の姿だろうと覚悟していたのに、ぱっと見はヒト族と変わらないなんて、とか。

作り物みたいに美しくて、生きて動いているのが信じられない、とか。

王子が、わざわざ自分を出迎える騎士たちになぜか紛れていた、とか。

そんな彼が、ずっと自分を見つめている、とか。

無表情のまま見つめてくるので、何を考えているのか全然分からない、とか。

色々なことが頭の中を巡って、状況が理解出来ない。

「これ、フェリクス。淑女の顔をそうまじまじと見るものではないよ。お前の顔は怖いんだから。いやはや、無作法な息子で申し訳ない」

確かに、整った顔がずっと表情を動かさずにいるのは、少し怖いかもしれない、とカトリーヌが思いかけたときだった。王子のアメジストの瞳がほんのわずかに曇った。悲しげに。

（あら？　意外に分かりやすい、かも？　無作法と言われたのが嫌なのかしら。それとも、怖い顔という言葉の方？　別に顔自体が怖いとは思わないけれど……）

「でもこうして並んでいると、ヒト族同士の夫婦みたいね。お似合いだわ」

カーラ王妃の言葉に、今度は王子の片眉が一瞬ひきつる。

（少し怒った？　のかしら？　王妃の言葉に怒らせるようなところはなかったと思うけれど。もしや、私なんかとお似合いと言われたのが不快だったとか？　うう、そうじゃないと良いな……）

無言のまま見つめてくる王子に対して、蛇に睨まれたカエル状態で動けずにいたカトリーヌは、傍から見れば熱い視線を寄せられる令嬢といった風でもあった。

しかしカトリーヌは、自分がそんな視線の対象になるなど思ってもいない。結果として、王子の表情を至近距離から観察するだけになっていた。

王子の唇の端に戸惑いが浮かび、これはどんな感情なのだろうとカトリーヌが思ったときだ。王子がやっと、カトリーヌに向けて言葉を発した。

「お会い出来て光栄です。カトリーヌ嬢。僕は……」

そう言いかけて言葉を切った王子の手が、カトリーヌの顎に伸びた。反射的にびくりと震えたカトリーヌに、王子はすぐさま手を引っ込める。

「すみません、つい」

相変わらずカトリーヌを見つめたまま謝罪する王子だが、その視線の軌道がカトリーヌの瞳の中心からわずかに逸れる。そのお陰で、カトリーヌはやっと視線を下に逃がすことが出来た。

(「つい」ってなに？　今なにが起きようとしたの？　王子が私に触れようとしたの？　え？　傷ついたような目をしたけれど、なぜ？　私が避けようとしたから？　いや、私なんかを相手に傷つくはずがないわよね)

「間違えました、こちらでしたね」

王子はそう言うと、混乱するカトリーヌの右手をとる。壊れ物でも扱うように、そっと。

「貴女に敬意を表する光栄を、僕に与えてくれますか？　カトリーヌ嬢」

「あああの、よろしいです、ですわ！」

初めて男性に手をとられた驚きで、わけも分からないまま答えてしまう。すると、王子はカトリーヌの手の甲に恭しくキスを落としたのだ。

悲鳴を上げそうになるが、ギリギリのところで飲み込む。ただ、手は引っ込めてしまった。

王子が、無表情のまま少しだけ顔を傾けた。カトリーヌの反応が不思議だったようだ。

(けいいをひょうするって、手の甲への口づけの挨拶のことだったのね。本当にこんな挨拶をするのね)

王城でも晩餐会などはあったが、使用人であるカトリーヌは、尊い身分のお客様の前に姿を見せるようなこと出来ない。人づての人づてに聞いたことがあるくらいだ。

初めてのことに、カトリーヌは固まって顔を熱くする。背中には汗まで吹き出てきている。

（ど、どうしたら良いの？　王女だったら、こういうときにどうするの？　もう何にも考えられないわ！）

恥ずかしさのあまり、引っ込めた手をスカートの上で組んで、もじもじとすることしか出来ない。視線を落とすと、あかぎれだらけの指が目に入る。豪華なドレスを着せてもらっても、中身はただの、無才無能と蔑（さげす）まれてきた自分なのだ。このまま逃げてしまいたい、とカトリーヌはしょげそうになった。

そのとき、左手の甲の『弱虫』の字が目に入った。羽根ペンに書かれた文字だ。滲（にじ）んではいるが、読めないほどではない。

『弱虫』。

確かに、今の自分は弱虫だった。

（自信のなさに甘えて、諦（あきら）めている場合じゃないわ。このままじゃ羽根ペンさんに呆れられちゃう！）

それにこの婚姻には、たくさんの民の期待がかかっている。王子に微笑みかけて、堂々と挨拶を返さなくては。

カトリーヌは、気合を入れ直した。

「フェリクス様！　私も！　お目にかかれて光栄デす！」

なんとか言葉を絞り出した。組んだ指が震えているし、声は裏返ってしまったけれど、今の精一杯の反応を返すことが出来た。

（い、言えた！　『弱虫』なんかじゃなかったわよって、あとで羽根ペンさんに言ってやるんだから！）

心の中で羽根ペンに『参りました』と言わせる想像をする。途端に自信が湧いてきて、むふむふと笑顔が浮かんでくる。

と、唐突に視界いっぱいにフェリクス王子の美しすぎる顔が現れた。

「なななな、なんですか⁉」

「ふむ、失礼。貴女の笑顔がとても美しかったから。……です。薄桃色のドレスは、花のように可憐な貴女によく似合っている、です。かぐわしい花の香りとハチミツ色の髪に、僕は引き寄せられてしまいました」

王子の薄い唇から甘い言葉が囁かれる。表情の乏しさと情熱的な言葉のギャップに、カトリーヌの頭はまた混乱した。

手の甲へのキスの経験がないのだから、甘い言葉を囁かれた経験だってあるわけがない。

今度こそカトリーヌは完全に固まってしまった。魂が抜けたようになって、何の反応も返せない。

そんなカトリーヌの手に、王子の手が重ねられる。

「ひぇ！」

「怒っていますか？　僕が遅れたからですか？　……それとも、僕が恐ろしいですか？」

「いえ、違うんです。違うんです、私、その」

（どうしよう、私もなにか甘いことを言うべきなの？　それとも笑って受け流すべきなの？　手が触れているのが気になっちゃってなにも考えられない！）

「フェリクスよ、怖いに決まっておろう。カトリーヌ殿、息子は無表情で仮面を付けたようであるし、父である儂にも表情が読めないのだ。しかし心は優しい。それは保証出来ると思っておる」

手を引っ込めることも出来ずにいるカトリーヌに気を使ってか、ミノス王が口を挟んできた。

「……そうだったか。カトリーヌ嬢、失礼した。僕はいつもこうなんだ。言葉は装えても、この無表情は変えられない……」

ミノス王の言葉を受けて、フェリクス王子の瞳が曇る。先ほど「お前の顔は怖いんだから」と言われたときと同じように、悲しげに。そして、重ねられていた手がそっと離れていく。

「あ！」

カトリーヌは思わず声を上げた。

フェリクス王子が悲しそうに見えたのは、勘違いじゃないと気づいたからだ。

（フェリクス王子はきっと、無表情だとか怖いとか、考えが分からないとか、そう言われるのを気にしてるんじゃないかしら。そんなことを言われ続けていたら、自信をなくしてしまうもの）

無才無能と呼ばれ続けてきた自分と重ねて、胸がちくりと痛む。

もし王子が孤独なら、それを少しでも分け合いたい。彼の紫色の神秘的な瞳が、悲しみに陰るのを見ていられない。

「フェリクス様！　私、フェリクス様のお顔を怖いなどと思いません！　お気持ちだって、とても素直に伝わってきます。お優しい方だと分かります。フェリクス様のお顔に表情がないなんてこと、ありません」

王子の手を両手で握って引き寄せる。緊張はいつの間にか消えていた。

王子の手を握ったまま、カトリーヌは顔をミノス王に向ける。

「ミノス王陛下！　フェリクス様は、私を心配してわざわざお迎えに来てくださいました。私の手を丁寧に取ってくださいました。怖い顔などと、おっしゃらないでください。その言葉で王子が悲しんでいることを、ちゃんと見てください。じ――――っと見てみてください」

ミノス王に伝えたい、という気持ちが走るまま、一息に言い切った。

「カトリーヌ嬢……」

王子が目を丸くしてカトリーヌを見つめる。

ミノス王が、単眼の目を閉じて唸り声を上げる。

「うぬぬぬぬぬ」

やってしまった。とカトリーヌは思った。

（ううう。なにをやってるんだろう、よりによって魔王様に逆らうなんて。でも、これ以上フェリクス様が怖い怖いって言われるのも、見ていられないし……）

こうなったら大人しく頭からバリバリ食べられよう、そう肩を落としたときだった。

バン！

という大きな音を立て、ミノス王がテーブルを叩いた。

「うむ！　まさしく、カトリーヌ殿の言う通りだ！　立派な王太子にせねばと思うと、つい口うるさくなってしまっていかんな！　いやはや、ちゃんと表情に出していたのだな、フェリクス。どうもヒト族に近い顔の表情は分かりにくくてな、気づいてやれなかった」

「父上……」

「これからは、じ――――っと、見させてもらうぞフェリクスよ。カトリーヌ殿、教えてくれてありがとう」

ぎょろり、と単眼の大きな目を向けながら、ミノス王が言う。さっきまでのカトリーヌなら、それだけで気絶してしまいそうな恐ろしい目力だ。

でも、今のカトリーヌには怖くない。

ミノス王が、自分の言葉を聞いてくれたのが分かったから。それに王の言葉にあったように、顔の造りが違うと、誤解もきっとあるのだ。思い込みを外してみれば、ミノス王の目の奥にとってもお茶目で優しい人柄が見えた。

「ありがとう、カトリーヌ嬢。僕は君に助けられてしまった……それで、君の、その、……」

フェリクス王子がなにやら必死に言葉を紡ごうとする。

それを聞き取ろうとカトリーヌが身を寄せたときだ。

「あら、私もフェリクスと顔は似ていてよ！　どうして私の気分はようく分かるのかしら！　少し怒っているだけでも、あなたは姿を消しますわよね？」

王妃が芝居がかった声を上げた。いたずらっぽく笑う王妃がミノス王に詰め寄ると、王はすっかり逃げ腰になってしまった。

「お、お前が怒るときは、脚の蔓が大暴れするし、魔力がダダ漏れになるではないか……」

「おほほ、それじゃあまるで私が暴れん坊みたいじゃありませんこと。まあ良いわ、フェリクスの件は私も気にしていたのです。これからは顔のことをどうこう言わないのよ」

「う、うむ。そうしよう」

「さて！　カトリーヌちゃんのお陰で、親子の縁が深まったところで……」

パチン！

と音を立ててカーラ王妃が扇子を閉じた。

カトリーヌは、夫婦のやり取りに圧倒されたまま王妃の言葉の続きを待つ。

王妃が宣言した。

「晩餐会の始まりよ！　チェリーたち！　お料理を運んでいらっしゃい！」

ワッ、と大広間じゅうから歓声が上がった。


料理は、自走式ワゴンに載せられて運ばれてきた。

その後ろには沢山のチェリーたちが、ワゴンに引っ張られるようにしてついてきている。

ガチャン！

バタン！

ドスン！

ポポポポポ！

あらゆる音を立てながら、カトリーヌの目の前でチェリーが働き、走り回る。

チェリーは次々に部屋に入ってきて、仕事の量よりも増えてしまった。余ったチェリーたちは、おしゃべりに興じている。カトリーヌが軽く手を振ってみると、チェリーたちは高い声でキャッキャと喜んだ。

「チェリーたちとは仲良くなれそう？」

王妃が訊ねる。

「とても優しい子たちで、大好きです。あの子たちは、みんな合わせて『チェリー』なんだと着替えのときに聞きました」

「そうよ、どの子もチェリー。一人でもチェリーだし集まってもチェリーよ。みんな同じ心を持っているわ。記憶も共有し合っているの。ちょっと抜けてるところもあるけど、花の精みたいなものだから、そこは許してあげてね。私の分身なのよ」

「分身！　カーラ様って、すごい力をお持ちなんですね！」

カトリーヌが驚きの声を上げる。

と、チェリーの腕が横から伸びてきて、派手な音を立ててグラスを置いた。

グラスの中には薄桃色の飲み物が入っている。

「ショクゼンシュおまちー」

「ショクゼンシュってなにー？」

「果物のなまえー？」

「カトリーヌさま知ってるー？」

カトリーヌの周りに、どんどんとチェリーが集まってくる。

「ちょっとーだれかアタシの髪の毛引っ張ってるー」

「掴（つか）まってるだけだよー」

「なんかワゴンきたー」

「ワゴン邪魔だよー」

食事を運んできた自走式のワゴンが、チェリーたちの後ろからぐいぐいと押している。早く給仕の続きをしろとワゴンが急（せ）かしているようで、思わずカトリーヌは噴き出してしまう。

「ふふっ、ワゴンは仕事熱心なのね。すごいですね、まるで生きているようですわ」

「自走術をかけてあるの。トロールたちが婚姻の祝いにくれたのよ」

「うむ。彼らは義理堅くてな。気持ちだけで十分だと言ったのだがな」

王妃とミノス王が、チェリーとワゴンの騒動を温かい目で見つめて言った。

「そうなんですね、初めて見ました、ですわ！　私の知っている自走術式のものというと……あ」

言いかけて、しまった、と口をつぐむ。

カトリーヌの知っている自走術式のものといえば、戦場を偵察する魔道具だった。偵察だけではない、爆破装置を載せることもある。もちろんそれは魔族との戦争で使われたものであり、婚姻の食事の席にはふさわしくない。

（話が盛り上がって口が滑ったわ。こういう場に慣れてないから……）

気まずくなって黙り込むカトリーヌに、王妃とミノス王も、「あ～」「ええと」と言葉を探す。それがさらに申し訳なくて、カトリーヌはうつむいてしまった。

少しの気まずい間があった。

すると、カトリーヌが膝に置いていた手に、王子の手が重ねられた。

「フェリクス様……？」

顔を上げると、王子はカトリーヌを見つめていた。瞳には真剣な光が宿っている。

「気にすることはない。僕たちも、自走術式の技術は戦場で使っていた。……しかし同じ技術でも、戦争が終われば平和的に使うことが出来る。これからどんどん変わっていく。エリンが和睦を受け入れてくれて、貴女が僕との婚姻を了承してくれたお陰だ」

「あ……」

「これから共に、その変化を見ていきたい。改めて敬意を表させてほしい」

そう言って王子はカトリーヌの手をとって、手の甲に敬意の口づけを落とそうとする。

（この挨拶って、そんなに何度もするものではない気がするんですけど……）

しかしカトリーヌも詳しいわけではないので、黙ってされるがままにした。今度は落ち着いた態度で、王子のキスを手の甲に受けることが出来た。顔は熱くなったが。

そこに、チェリーが体ごと割り込んできた。

「はいはい、イチャイチャするのはいいけど前菜だよー」

ひときわ派手な音を立てて、アンダープレートの上に前菜の皿が置かれる。

「なんだっけーこれ」

「前菜でしょー」

「その前菜ってやつの料理の名前だよー」

「知らなーい」

「ていうか前菜ってなにー」

かしましいチェリーたちが、四人の目の前に前菜の皿を置いていく。王子が、気まずげにカトリーヌの手を放して呟いた。

「……い、イチャイチャなどしていない。敬意を表しただけだ」

と。

「はは、いやはや、チェリーたちが賑やかですまないな。しかしその賑やかさに救われることもある」

気を取り直したミノス王が、陽気に語りかけてくる。

「そうですわね。それに、フェリクスの言う通りだわ。これからは、一緒に変化を見ていきましょう。でもその前にまずは……乾杯よ！　私もう我慢の限界よ！」

王妃がグラスを掲げて高らかに宣言すると、ミノス王は満足げにうなずいた。

乾杯、の声が響き、全員が食前酒に口をつけた。

「フルコース、というものを用意させてみた。いやはや、儂らとは随分と食事の作法が違うようで、口に合うか分からぬのだが」

食前酒を飲み干したミノス王が言う。

「ゴーシュが随分と頭を悩ませていたわ。ああ、ゴーシュにはお会いになって？　料理長なのよ」

「は、はい！　すごく優しそうで真面目（まじめ）そうな方でした」

部屋を訪ねてきたゴブリンの、朴訥（ぼくとつ）とした雰囲気を思い出しながら答える。王と王妃は嬉（うれ）しそうにうなずいた。

しかしすぐに、芝居がかった困り顔を作ってみせる。

「でもねえ、なんだかフェリクスがずっとゴーシュの料理に注文を出していたみたいでねえ」

「いつの間にか細かい男になってしまったな」

言われ放題のフェリクスの方をうかがうと、素知らぬ顔で前菜に手をつけようとしている。

「なにか料理長を困らせたのですか？」

カトリーヌが好奇心から小声で訊ねてみても、王子の反応はない。相変わらずの無表情だ。ただ、ほんのわずかに、頬に赤みが差しているように見えた。

（何か照れるようなことがあったかしら。あ！　もしかして、お酒に弱いのかしら？）

カトリーヌは呑気（のんき）にそんなことを思った。

前菜の皿を前に、フェリクス王子は固まっていた。

ヒト族風のフルコースを用意させたはいいものの、フォークとナイフがずらりと並び、どうして良いのか分からないのだ。

それを察してとったカトリーヌが、王子の側に体を近づけた。

並べられたナイフとフォークの上で手を行ったりきたりさせるフェリクス王子に、控えめに耳打ちする。

「外側から使ってください」

「む、そうでしたか」

「分かりにくいですよね。こんなにたくさん使わなくても食べられるのに。食器を洗うのにも手間が増えます、ですわ」

「ふふ、そうだな」

自然と二人の心の距離も縮まりそうな、良い雰囲気になりかけた。

とその瞬間、王子がギュン、と首を巡らせて、鼻先が付きそうな近さでカトリーヌを見つめた。

「……！」

突然、美麗な顔を間近にしてカトリーヌは石のように固まってしまった。

なにか失礼なことを言ってしまったかもしれない、と冷や汗をかく。

「ふむ。事前に調べはしたが、やはりヒト族式の食事作法には、慣れるまでに時間がかかりそうですね」

カトリーヌが固まっているのに気づかないのか、フェリクス王子は感心したように呟いた。

「え、ええと、私に合わせていただかなくても良いんですよ、ですわ」

「そうはいきません。ゼウトスにおいて食事は、夫婦にとって一番大事な時間ですから」

「ふぐ、ふ、夫婦！」

カトリーヌは動揺のあまり舌を噛んだ。

「おかしいことを言ったでしょうか？　僕と貴女は夫婦になる。こうして婚姻のための晩餐を囲んでいるのですから」

フェリクス王子がわずかに眉根を寄せる。

その表情の変化に、カトリーヌは、王子の不安を見て取った。無表情と言われているけれど、やはりとても分かりやすく思える。

「夫婦という言葉に、緊張してしまっただけです。ごめんなさい、おかしくなんてありませんわ。嬉しいです！」

「緊張、するんですね。僕もしています」

「ふふ、同じですね」

カトリーヌが微笑むと、王子は耳をわずかに赤くした。

「では」

と王子は、カトリーヌに教わった通りに外側のナイフとフォークを手に取り、前菜の皿に向き合った。

白い皿の上には、プチプチとした小さな赤い実を茸のようなものに載せた料理が、美しく盛り付けられている。

「フェリクス様、これは一体なんでしょう？　この赤くてプチプチとしたものは」

カトリーヌが問う。王子は、自分の皿に盛られたそれをフォークで掬った。

「水べリーです。水中になるべリーの一種ですね」

そう言って王子は、フォークに載せた水べリーをカトリーヌに見せる。

「魚卵のようにも、果物のようにも見えますけれど、べリーということは果物なのですね」

「はい。しかし味は魚に近い。食べてみますか？」

フォークを差し出されて、カトリーヌがひな鳥のように口を開けた。

素直に水べリーを口に含んだカトリーヌは、目を見張ってわなわなと震えだした。

「こ、これは……」

「どうした？　口に合わないか？」

動揺からか、王子の言葉が崩れた。震えるカトリーヌの反応を、今や広間の全員が注視している。

「鼻に抜ける香りは、べリーのような甘酸っぱさ。実の触感はぷちぷちと気持ちがいい。噛みしめていくと、魚の脂の部分みたいな旨味があります。もったりと絡みつくような濃厚な旨味です……ですわ！」

「う、うん」

突然饒舌に味の感想を述べ始めたカトリーヌの勢いに、王子は押され気味だ。

「なんですかこれ！　美味しい！　すごく美味しいです！　ですわ！」

カトリーヌは緊張もマナーも忘れていた。

美味しい、という正直な気持ちを目の前の相手に、伝えたくて仕方がないのだ。

「それは良かった。ではこちらも。茸は好きか？」

「ええ！」

フェリクス王子が続けて差し出すフォークを前に、またも素直に口を開けようとしたカトリーヌ。

しかし、何かに気づいたように目を見開くと、慌てて口を閉じた。

「どうした？」

もうフェリクス王子は、すっかり素の言葉遣いになっていた。

そんな王子の変化に気づかず、カトリーヌは茸をまじまじと見つめて言った。

「こ、これ、足が生えております……なんですの……？　ですわ」

「ああ。歩き茸の幼生だ。見たことはないか？」

「歩き茸⁉　それって、モンスターでは？」

「幼生だからまだ毒もないし、柔らかい。……ヒト族には食べられぬものだったか？　すまない、確認不足だ」

フェリクス王子は、フォークを下げ、わずかにうつむいた。傍（はた）から見ても気づかないほどわずかに。

だがカトリーヌは、そんな王子に気づき、あわあわと焦りだした。

「食べられます。……食べます！」

そう宣言し、フェリクス王子の手を掴（つか）んでフォークを口に運んだ。

（これは茸（きのこ）……普通の茸よ……そう思い込むの！）

決死の覚悟で歩き茸を噛みしめたカトリーヌが、唐突にカッと目を見開いた。王女らしさはすっかりと忘れてしまっていた。

「普通の茸なんかじゃない！」

「⁉」

声を上げて王子の手を両手で掴む。突然のことに、王子は固まってしまった。

「あ、ごめんなさい。違うんです。すごい、今まで食べたどの茸よりも香り高くて、美味しくて、つい！」

「そうか、それならば、良かった……」

そう言って王子はカトリーヌの目を見つめた。

しばしの沈黙。手を取り合い見つめ合う二人。おとぎ話なら背景に花が咲き乱れていただろう。代わりに、部屋を半分ほど埋めるカーラ王妃の蔓が嬉しげに大輪の花をどんどんと開かせた。

そんな甘い香り漂う沈黙を破ったのは、大広間じゅうから自然に沸き起こった拍手の音と歓声だ。

「へ？　な、なんですか？」

突然の盛り上がりに、カトリーヌは王子の手を握りしめたまま周囲を見渡した。

「いやはや目出度い。フェリクスの皿からカトリーヌ殿が食べてくれたぞ！」

「これで本格的に夫婦になりましたことね！」

四本の腕のうちの二本で拍手をし、空いた手で目じりの涙を拭うミノス王。その胸に、王妃が飛び込んでいく。王妃をミノス王の太い腕がしっかと抱き留める。

「苦労した甲斐がありまさあ。王子が、俺の料理で婚姻の儀をしてくだすった」

涙声でそう言いながら手を叩くのは、料理長のゴーシュだ。

「最高の仕事っしたね」

サージウスがそう言ってゴーシュの肩を叩くと、ゴーシュは「泣かせるんじゃねえよチクショウ」と言って目頭を押さえる。

「なんとまあ、美しいご夫婦じゃあないかぁ！」

ビリビリと空気を震わせる声が響く。アマデウス将軍が、たまらず声を上げたようだ。

「おめでとー」

「おめでとー」

「美味しかったー?」

「前菜ってなんだったのー」

「それはしらなーい」

チェリーたちが騒がしく声を上げながら、カトリーヌのもとに集まっていく。

ドレスの裾にしがみつかれたり、ピンク色の花輪を頭に載せられたり、頬に祝福のキスを贈られたり……。チェリーに囲まれたカトリーヌは、呆然としてされるがままになっていた。

（なにが起こっているの……?）

群がるチェリーたちのピンク頭ごしに周りを見渡すカトリーヌ。

王と王妃は嬉しそうにうなずき合い、視界の端ではワゴンがぐるぐると走っている。その様子はさながら、幸せで体をいっぱいにして跳ねる犬のよう。

歓声、笑顔、拍手、涙。広間の反応が情報の渦として押し寄せていた。

混乱するカトリーヌのなかで、小さな予感が芽生える。

それは、広間のみんなが、自分を心から祝福してくれているのだ、という予感。

そのとき、またも心の中に、『ぽわん』と温かな風が吹く感覚があった。

不安だらけ、一人きりでの輿入れだったけれど、魔王城のみんなが笑顔を向けてくれている。受け入れてくれている。

心が柔らかなものに包まれる。痛くない場所、寒くない場所。ずっと求めていた場所が、まさか魔王城と呼ばれる場所にあるなんて思ってもいなかった。

（婚姻のための晩餐でこんなに盛り上がってくれて、みんな声を揃えてお祝いを言ってくれるなんて、幸せだわ。でも、どうして急に………ん？　あれ？　これってもしかして……）

「い、今の！　王子から食べ物を頂くのが、もしかして婚礼の儀だったのですか？」

広間の盛り上がりの理由にやっと思い当たったカトリーヌが、隣の席の王子に身を寄せて訊ねた。

周りが騒々しいので、耳打ちをするしかないのだ。

「む。そうだが、もしかして聞いていなかったか？　貴女を騙すような真似だったか？」

「いえいえいえ！　エリン王国でも、えっと、夫婦ほど親しくなければ、相手のお皿の食べ物を頂いたりなどしませんですし！　私も、嬉しいです。皆さんに受け入れていただけて」

気づかないうちに婚姻の儀式が成立していて、急に周りが盛り上がったので驚きはした。けれど、婚姻のために来たのだから不満があるはずがない。

望まれてここに居る、という大きな幸福がカトリーヌを包んでいた。

「それならば良かった」

そう言ってフェリクス王子は、カトリーヌただ一人に向けて、確かに微笑んだ。

万雷の拍手と歓声に包まれながらも、カトリーヌだけを見て。

カトリーヌも、その瞬間、フェリクス王子の声だけを聞いて、フェリクス王子だけに微笑みを返した。

胸の中には温かなものが生まれ続けている。そして胸から全身に、力のようなものが巡っていく。

自分の内側に、温かな何かがあるのが分かる。それは決して悪くない感覚だった。

祝福の空気に酔った心地のまま、カトリーヌは一つ気になっていたことをフェリクス王子に訊ねたくなった。

あの謎の質問状のことだ。

几帳面な文字で三十項目にもわたって、食材について書き連ねられていた質問状。

「あの……！」

カトリーヌが意を決して口を開いたときだった。

ガチャン！　という音を立てて、スープ皿が置かれた。

「けっこんおめでとー」

「二品目はスープだよー」

「フルコースっていっぱいお料理あるよー」

チェリーたちがかしましく、二品目の給仕を開始する。

スープからは、なんとも食欲をそそる香りがしている。動物性の旨味がぎゅっと詰まっているような、原始的な欲求を呼び覚ますような、そんな香りだ。

しかしその色は赤黒く、とろみも相俟って、まるで血のようだ。

「なにか言ったか？」

「いえ、その、いい香りのスープですね。でも、えーと、真っ赤なのですね……？」

おどろおどろしい見た目のスープに思わず身を引きながら、カトリーヌは訊ねた。

「ああ、ヒュドラーの生き血のスープだからな」

そうですか、ヒュドラーの。それは素敵ですね。などと答えられるはずがない。カトリーヌは絶句してしまった。

ヒュドラーといえば、首を落としても復活し、毒息を吐くような恐ろしいモンスターだ。その血にももちろん、毒が含まれているだろう。

スープから立ち上る湯気と、湯気にのって鼻孔に届く香りまで、自分の体を蝕む毒のように思えてくる。

反射的に手で口を押さえたカトリーヌは、質問状の第二項を思い出していた。

『２．生き血のスープは　好き・どちらかというと好き・生き血はワインが至高・どちらかというと嫌い・嫌い・その他』。

あれに、カトリーヌは何もチェックをつけずに返したのだった。

「生き血も、食べなれないものだったか？」

声色はあくまで落ち着いていた。

しかしカトリーヌには、落胆の予感に怯える王子の心が、手に取るように分かる。

フェリクス王子に見つめられながら、カトリーヌは、質問状を料理長のゴーシュに渡したときの覚悟と反省を思い出した。

魔族は恐ろしく、自分などはきっと辛い目にあわされると信じ込んでいた。質問状にあった食材についても、最初は拒絶したくなった。それでも、自分からも歩み寄ろうと、何でも食べてみようと決意出来たのは、質問状から感じた不器用な優しさのお陰だ。

「フェリクス様、一つ教えていただきたいことがございます」

震える指先でスープ用のスプーンを手元に寄せながら、カトリーヌは王子に訊ねた。

「あの質問状を作ってくださったのは、フェリクス様ですか？」

「う、んん」

王子がおかしな咳払いをした。

視界の端でチカチカと光が盛んに動くのでそちらに目をやると、王妃が手を振って王子に何かをうながしている。王妃の指輪の大きな宝石が、王妃の手の動きに合わせて瞬いていたようだ。

次に王子の方にまた視線を戻すと、まだ「ん、ん」などと言いながら喉を押さえている。

「質問状は、フェリクス様が作ってくださったのですね……？」

確信を深めたカトリーヌがもう一度問うと、フェリクス王子は観念したようにため息をついた。

「その通りだ。改めて言われると恥ずかしいので、やめてほしい」

……なんて可愛い人なんだろう。なんて優しい人なんだろう。なんて、真面目に、別の種族と婚姻するということを、考えてくれている人だろう。

カトリーヌの胸に愛しさがあふれた。

「ありがとうございます、フェリクス様。スープ、いただきます」

微笑んで、スプーンを手に取る。

この人が、毒物など出すはずがない。そんな決意の一口を含む。

カトリーヌは大きな瞬きをした。それからすぐに、二口目、三口目と飲み進める。気づけばカトリーヌの手は止まらなくなっていた。

美味しい。

それが真っ先に浮かんだ感想だ。

細かい感想など考えられないほど、頭の中は「美味しい」だけに支配されていく。次の一口、次の一口、次の……。

あっという間に、カトリーヌの皿は空になっていた。

チェリーの一人が気を利かせて、おかわりの皿を運んできてくれる。すかさずまた一口飲む。口の中に広がる幸福に、自然と頬が緩んだ。

「とっっっってても、美味しいですわ！」

そう声を上げて、早いペースで口にスープを運ぶカトリーヌ。その様子を圧倒されたように眺めていたフェリクスだったが、二皿目を飲み続けるカトリーヌを見て、ハッと我に返ったようだ。

「あー、カトリーヌ嬢。一旦、水を飲まれたほうが……」

カップを手に取り、差し出しながらフェリクスが言う。

「どうしてですかフェリクス様？」

「いや、なんというか、ヒュドラーの血は大変に健康に良くて、滋養きょうそ、ンン！　その、血が多くなって元気になりすぎるというか……」

「あら、美味しい上に健康に良いなんてますます素晴らしいじゃないですか！」

フェリクスは小さく頭を振る。

「……とにかく、心配なので水を飲んでくれ」

「？　分かりました」

不思議そうな顔をしながら水を飲むカトリーヌと、それを見つめるフェリクス。それから王と王妃。水を飲み干して、長く息を吐くと、カトリーヌは真面目な顔で王子に向き合った。

なお、そのカトリーヌの目は完全に据わっていた。

「フェリクス様。お料理をいただいて、大変なことに気づいたのですが」

「ど、どうした？」

カップをテーブルに置いて、距離を詰めて語りかけてくるカトリーヌ。勢いに押されるフェリクス。いやはや、と呟いて成り行きを見守るミノス王。面白そうに扇子をあおぐ王妃。

「大変なこと、とはなんだ？　料理になにか不都合があったか？　やはり血は食べつけないか？」

「いいえ。私、こんなに美味しいスープを飲んだことがありません、ですわ」

「それのどこが大変なのだ」

「だって……だって……」

両手を握りしめ、カトリーヌは小さく震え始めた。小さくなっていく声に耳を傾けようと、フェリクスが顔を寄せたときだった。

「だって、美味しすぎます！　このスープなしではもう私、生きていけそうにないくらいなのですわ！」

カトリーヌを心配して皆が声をひそめていた広間に、その言葉はよく響いた。

広間を一瞬の沈黙が覆う。次の瞬間、ワッとチェリーたちが歓声を上げた。

「スープ、おいしいってー」

「カトリーヌさまいっぱい食べてねー」

「よかったねーゴーシュ」

「ゴーシュまた泣いてるー」

「おかわりまでしてもらって、料理人冥利につきるってもんでさあ」

「新鮮なヒュドラーの血は美味いものだからな、いやはや、提供してくれたヒュドラーにも伝えようぞ」

「気位の高い者ですもの、『当然だ』なんて言いながら、鼻の穴を広げるのよきっと」

チェリーたちやゴーシュの言葉に続いて、魔王と王妃が嬉しそうに言い合った。

「ああ、口に合って良かったよ。ただ、貴女の様子を見るとやはり心配だな。次からは少し薄くして作らせるか……うん、それが良さそうだ」

考え込むようにして王子が呟くが、カトリーヌは意に介さず、へらりと笑って返す。

「ご心配にはおよびません、ですわ。それよりも、ミノス王陛下の言葉が気になったのですが、提供とはどういうことですか？　ヒュドラーは血を採られても無事なのですか？」

てっきり、殺したヒュドラーから採った血だと思っていたカトリーヌが王子に訊ねると、王子はそれに答えて言った。

「血が多くなる時期には、ヒュドラーの方から血を採らせてくれる。死んだヒュドラーの血は臭くなるから料理には使えない」

「まあ！　ヒュドラーにお願いして生き血をもらうんですね！　ヒュドラーは再生力がすごいって聞きますもんね、ですわ」

「ああ。再生力が徒（あだ）になるのか、時期によっては血が多くなりすぎるんだ。血を抜くのは治療も兼ねている。それに、スープの材料には、朝に採ったものを使うのがゴーシュのこだわりだ。ヒュドラーに提供された新鮮な血。それがこのスープのポイントだと言って良いだろうな。僕もこのスープが好きで、この食事会のメニューはゴーシュに任せているが、このスープだけは入れてくれと頼んだのだ」

フェリクス王子が饒舌（じょうぜつ）になる。表情はクールなままだが、嬉（うれ）しさを抑えきれずにいるのだとカトリーヌには見て取れた。

分かりにくいようで、分かりやすい。嬉しそうに語る王子を見つめていると、カトリーヌはまたも自分の頬が緩んでいくのを感じた。ヒュドラーの血の影響か、さっきから気分がとても昂揚(こうよう)している。声を出したい、動きたい。愛しい人に近づきたい。

触れたい。

（あれ？　今何か変なことを思ったような？　気のせい、よね）

確かにいつもよりも少しおしゃべりにはなっているが、ちゃんと王女らしい言葉も使えているし、問題はないはずだ、とカトリーヌは判断した。そうでないと、スープの続きが飲めないから。

「やはり血を抜くにもうまい者と下手(へた)な者が居て、一番は……ってカトリーヌ嬢！　そんなに一気に飲むな！」

解説を続けていた王子が、慌てて止めるが、カトリーヌの皿はすでに空になっていた。

満足いくまでスープを飲んで、ほっこりとした気持ちになりかけたそのとき。カトリーヌは、重大な問題に気が付いてしまった。

「フ、フェリクス様！　さっき、ヒュドラーの血が多くなる『時期』と言いましたね？　それって、採れる時期が限られるということですか？」

「ああ、暑い季節にヒュドラーは血を抜きたくなるらしくてな。ヒュドラーの生き血のスープは、基本的には夏の料理だ。貴女(あなた)はいい時期に来てくれた」

「そ、そんな、このスープなしでは私もうダメなのに!?　夏だけなの……？」

浮かれた気持ちが一気にしぼみ、カトリーヌは顔を青くする。王女らしさを意識した言葉遣いも忘れるほどの衝撃だ。

ミノス王をはじめとした城の面々は、気の毒そうにそんな彼女を眺めた。

一方、王子は冷静だった。空になったカトリーヌの皿にさらにおかわりを盛ろうとするチェリーを静かに手で制して、頭を振って言う。

「もう結構だ。次の料理に移ってくれ」

「そんなあ、食べられる季節のうちに、いっぱい食べておきたいのに……」

「二皿も飲んだら十分だと思うが……」

肩を落として空のお皿を見つめるカトリーヌを、困ったように見つめる王子だった。

広間の向こうからは、カトリーヌのために、大急ぎでコースの次のメニューの皿が運ばれてきていた。


晩餐会の後、カトリーヌは広い浴槽に浸かっていた。

ヒュドラーの生き血のスープは健康に良い、とか、血が多くなって元気になりすぎる、とかいう王子の説明について、今なら理解出来る。冷静になってから数々のやらかしを思い出すと、恥ずかしさに頭を抱えるしかない。

（スープをおかわりをする令嬢なんて聞いたことがないわ。……うう、なんであんなことに……）

どうすることも出来ず、カトリーヌはうんうんと唸る。お酒にも酔ったことがないのに、まさか血のスープで酔うとは、である。

じっと湯に浸かっていると、天井から一定のテンポで水滴が落ちる音がする。その音に耳を傾けていると、少しずつ、開き直る方向に心が落ち着いてきた。少なくとも王女らしくない振る舞いについては、スープの効能のせいだと理解されているはずだ。恥ずかしさに叫びたくなるのは、我慢するしかないけれど。

慎重に息を吐いて、浴槽の中で脚を伸ばす。

前向きに考えよう。とにかく婚姻は成立したのだから、自分は務めを果したと言える。しかも、ゼウトス王国側からは歓迎してもらえたようだった。

とはいえ、静かに湯に浸かっていると色々と考えてしまう。

頭の中が混乱してきたカトリーヌは、音を立てて湯に潜り、膝を抱えた。

心の中を見つめて、『ぽわん』と体の内側が温かくなった感覚の名残りを捕まえる。不安感よりも幸せが少しだけ勝っている。混乱を少しずつ収めていく。

あの感覚はなんだったのだろう。幸福感だけではない。『ぽわん』となるごとに、力が満ちて、息が吸いやすくなるように感じた。解放感と言えばいいのだろうか。それまで抑えつけられていた何かが、目覚めようとしている感覚。

「ぷは！」

浴槽から顔を出して息つぎをする。

手のひらで顔を拭うと、柔らかいお湯が頬に吸い付いた。

白い石で出来た浴槽の縁に手をかける。手の甲に落とされた口づけを思い出し、カトリーヌは頬を赤らめた。

もうすぐ夜が来る。婚姻の儀をすませて、初めての夜。

それが何を意味するものか、カトリーヌも知っていた。別のことを考えていても、ずっと心には夜に向けての緊張と少しの期待、そして罪悪感がある。

（私なんかが、本当にフェリクス様の妻になるんだわ。何だか良くしすぎてもらっている気がする……本当はアンヌを求めていたかもしれないのに、だましているような……）

アンヌの身代わり。それが自分の役目だと分かってはいても、魔王城のみんなに申し訳ない気持ちだ。

むう、とカトリーヌが鼻に皺を寄せる。その鼻先に、天井から水滴が落ちた。

顔をぶるぶる振って、カトリーヌは自分の頬を張った。

「悩んでいても仕方ないわね。私に出来るお返しを考えよう！　役に立てることがきっとあるはず！」

勢いよくお湯から出たカトリーヌに、タオルを持ったチェリーたちが浴室の外から駆け付けた。

3章　王子との夜……なし⁉

入浴後の身支度は、チェリーたちが競うようにして整えてくれた。

熱い風の出る魔道具で髪を乾かしてもらったときは感動したし、髪を梳いてくれた櫛は、カーラ王妃特製の香油を染み込ませてあって、カトリーヌの髪は驚くほど輝きを増した。

「じゃあねーカトリーヌさまー」

「アタシたちもう眠いのー」

「お日様が出ていないと、動くのが大変なのー」

「そっか、お花の精だものね。どうもありがとう。おやすみなさい、チェリー」

部屋から出ていくチェリーたちをソファから見送ると、カトリーヌは、ネグリジェにガウンを羽織った状態で天蓋つきのベッドの方向を見やった。

髪を乾かしてもらいながら、チェリーたちとたくさんの話をした。この部屋の内装を整えたときの話は、特に盛り上がった。

上下さかさまに吊られた天蓋は、初めて見たときは不気味だった。でも、ヒト族の絵を参考に見様見真似でチェリーたちが用意してくれた、と聞いてからは微笑ましく見える。

沢山の枕が頭にも足元にも置かれているのは、「いっぱいあった方が嬉しいよね？」ということだったし、水差しに魚が泳いでいるのは、絵画の中の水差しをチェリーたちが水槽だと誤解したからしい。せっかくだから、光を放つ珍しい魚を入れてくれたのだという。

ナイトランプみたいで、素敵かもしれない、と思う。

理由を知らなければ不気味なだけだった内装だけれど、今となっては、チェリーたちの思いやりが詰まった素敵な部屋に見えてくる。

(実際に体験して知ることって、本当に大事なのね。噂が噂でしかないことがよく分かるわ)

王城に囲われてからの母は、きっと閉じ込められた鳥のような辛さを抱えていたのだろうと想像する。

元々は旅をする一族だった母。

力のある占い師として評判になりすぎたために、自由を失った母。

一方で、占いの才能を引き継がないで無才無能だと言われた自分は、魔王城に居て、ちょっと変わった住人たちから思いやりを受け取っている。

(運命って不思議だわ)

ソファにあおむけになって、両手を天井にかざす。自分は母のような力はないけれど、この手で、みんなの役に立っていきたい。それに、みんなに認められる王太子妃になりたい。王子に寄り添って……とまで考えて、カトリーヌは赤面した。

そのとき、部屋の扉をノックする音がした。

「僕だ。カトリーヌ嬢、僕の妻よ。夜の挨拶をさせてくれるか？」

落ち着いた低い声が扉越しに聞こえてくる。とうとう初めての二人の夜が来てしまった。

急いで身を起こして、ドアに駆け寄る。

「僕だ。フェリクスだ。お休みを言いたくて」

カトリーヌの返事を待ちきれないというように、王子がまたもドアの向こうから声をかけてくる。

「ふぁい！　今開けますね！」

カトリーヌは、声を裏返らせながら返事をすると、ドアハンドルに手をかけた。

扉を引こうとしたところで、扉の向こう側から引き戻される。仕方ないので、扉ごしに声をかけた。

「あのう、ご挨拶をするためにも、直接お顔を合わせたいのですが」

「いや、しかし夜半に、乙女(おとめ)の部屋の扉を開けさせるというのは……」

「私たちは先ほど婚姻の儀式を行ったのではないですか？　夫婦が顔を合わせて夜の挨拶を交わすのは、おかしなことではないと思います。……多分」

一応、ヒト族と魔族の間に常識の違いがあるかもしれないので、「普通は」などの言葉を使わないように気を遣いながらカトリーヌが答える。ずっと一人で生きて死ぬものと思っていた彼女は、ヒト族同士の夫婦の決まりもろくに知らないけれど。

それでも、嫁いで初めての夜に扉越しの挨拶だけとはさみしい。顔を合わせて挨拶をしたい、と感じるのは自然だと思う。

「あの、私どもの国では、頬に口づけをする挨拶があります。恋人同士はそうします。夫婦もきっと同じです」

エリン王城の洗濯メイドが、庭師見習いの青年とそんな挨拶を交わしていたのを思い出しながら、カトリーヌは答えた。

「ですから、フェリクス様……？」

ダメ押しに名を呼ぶと、扉が軽くなった。

ずっと扉を引いていたカトリーヌは、扉が開いた勢いで、後ろにひっくり返りそうになる。

「わっ！」

「危ない！」

力強い腕が背中に回された。次の瞬間には、カトリーヌは王子のベストに顔をうずめていた。

一瞬なにが起こったのか分からなかったけれど、すぐに自分が誰に抱き留められているのかに気が付いた。

（わわ……体があったか、じゃなくて、胸板が意外に厚く、でもなくて、うわ〜〜〜）

固まるカトリーヌの肩をそっと押して、フェリクス王子は彼女の顔を覗（のぞ）き込んだ。

「大事ないか？　怖がらせるかと思ったが、顔を合わせての挨拶を許してもらえて光栄に思う」

「は、はひ！」

カトリーヌは、自分でも聞いたことのない、頭のてっぺんから出るような声で返事をした。

目の前に立つフェリクス王子は、入浴後なのだろう。濡（ぬ）れ髪（がみ）の下、白磁の肌がほんのり上気している。

白いシャツに濃紺のベスト、揃いの生地の濃紺のナイトガウンを羽織っている。地味な色合いながらも、王子の壮絶な美しさが、部屋着姿によって損なわれることはなかった。

むしろ、彼自身が放つ輝きがより分かりやすくなるような、そんな姿だった。

「……こ、こんばんは、フェリクス様。助けてくださって、あ、ありがとうございます」

部屋に招き入れねばと思いつつ、戸口での挨拶すら、声が上ずってしまってうまく返せない。

そんな彼女の様子を見て、フェリクス王子はかすかに眉根を寄せ、手を伸ばした。

「あ」

とカトリーヌが声を漏らしたときには、フェリクス王子の手が額に当てられていた。ごく自然な動きで王子の顔は近づき、二人の額が合わされる。

言葉を失って目を見張るカトリーヌのすぐ先に、伏せられた王子の瞼がある。艶のある黒いまつげが、王子の白い頬に影を落としている。まつげは髪と同様に、水気を含んで艶かしかった。

（って、近い近い近いですってばフェリクス様！）

瞬間に頬が火照るのを感じたカトリーヌは、ふらつく足取りでそっと後退した。

「どうした？　随分と熱っぽい。湯が体に合わなかったか？」

「あ、いえ。体質、そう、体質です！　熱くなりやすい体質といいますか、フェリクス様を前にして緊張しているだけですので、大丈夫ですから！」

「緊張とは？」

カトリーヌは苦しい言い訳を通そうとするが、王子はますます心配をして迫ってくる。その真っれないのだから。

直ぐさはカトリーヌにとって良いような悪いような、判別が難しい。何しろ納得しないと放してく

「……」

「……疲れたのかもしれない。よく、寝ると良い」

言葉を探して返答に詰まってしまったカトリーヌの顎を持ち上げ、フェリクス王子はそう呟いた。

そして、ゆっくりと唇を頬に寄せる。頬に触れる吐息に、近づく体温。全身の感覚が王子の近づいたところに集まっていく。

自分から言い出したお休みのキスであるが、実際に肌で感じるキスの予感は、カトリーヌの体を固まらせるのに十分だった。

ふに、と頬に、柔らかなものが触れる感触があった。しかしそれは、想像よりも冷たく、乾いて、肉は薄い。

「ん、あれ……今、キスを？」

「ああ、頬と頬でな」

そう言って自分の頬を指さしたフェリクスは、そのまま指をカトリーヌの頬に突き刺すようにしながら言った。

「お休み、僕の妻よ。恋人の挨拶は、貴女の緊張癖が直ってからにしよう」

「あ、……」

待って、と言おうとした。けれど、言葉が出なかった。

「今日は、貴女に出会えて、とても幸せだった。僕が思っていたことを、父上に全て言ってくれた。情けないが、嬉しかった。勇気ある貴女に最上の敬意を」

そう告げた王子が、カトリーヌの額にキスを落としていったからだ。不意打ちに、カトリーヌは固まるしかない。

(頬じゃないなら額に口づけするってこと!?　男女にはそんな挨拶もあるの!?)

混乱したまま、ガウンの裾を揺らしながら歩いていってしまう王子の後ろ姿を見送る。

歩幅の広い王子の姿は、すぐに遠くなっていった。

少し緊張の緩んだカトリーヌが、不甲斐なさにため息をつく。

「はあ……夫婦らしい振る舞いが全然出来なかったわ。せっかくフェリクス様の方から訪ねてきてくださったのに」

そう呟いて扉を閉めようとするカトリーヌの表情は暗かった。

(もしかして、このままフェリクス様の足が遠のいたりして……。男女の仲は繊細で複雑なのよぉ～って洗濯メイドのお姉さんが言っていたもの)

それは困る。だって自分は王子を……、とまで考えて、頭を振る。

恋しいだなんて、会ってすぐにそんな気持ちになるはずがない。

自分はゼウトス王国の王太子妃として、内実ともに認められないといけないのだ。だから、婚姻後の初めての夜に何もないことに、不安を覚えているのだ。それだけだ。と思うことにした。

そのとき、うつむくカトリーヌの目の前に、例の羽根ペンが飛んできた。そして突然、カトリーヌの鼻先をふぁさふぁさとくすぐりだした。

「ちょ、なにす、ふ、ふあ、ふあ……はくしょん！」

　結構な音量でくしゃみをしてしまった。

　王子に聞こえたかしら、と焦って確認すると、王子は廊下の先で振り向いてカトリーヌを見ていた。

「わ、私にはくしゃみなんて聞こえなかったですけど！　おやすみなさいっ！」

　咄嗟のことに無理な言い訳をして、大声で誤魔化す。すると、王子は一瞬顔をくしゃりとさせて、何事かを口の中で呟いた。

　何を言ったのかは聞き取れなかった。あるいは、カトリーヌに聞かせるつもりのない言葉だったのかもしれない。

　くしゃみを起こさせた犯人である羽根ペンが、『王子もあんたも、世話が焼けるぜ』と紙に書きつけて持ってきていた。良いことをしたと言いたいらしい。カトリーヌが睨みつけると、『でも脈は十分あるぜ』ともペンは綴った。

　理由を聞くと、王子が笑って呟いた言葉が鍵だという。カトリーヌには聞き取れなかったその言葉が、羽根ペンには分かったようだった。

　教えてほしい、とカトリーヌが頼んでも、羽根ペンは偉そうにひらひらと飛んだり、鉤爪のペン先でカトリーヌの腕や頭に止まるばかり。やっと書かれた言葉は『いずれ分かる』の一言だ。

「むう、じゃあもう良いです。羽根ペンさんなんて知りません」

ペンとのやり取りに疲れたカトリーヌは、むくれた顔を作ってそう言った。

ふかふかの寝台に潜り込む。するとすぐに、鉛のように重い疲れが全身にのしかかってきた。長旅に加えて、今日は山歩きまでした。城に着いてからも緊張し通しだった。忘れていた疲れが一気にやってきたのだ。

枕に頭をあずけると、鼻から吸う息と一緒に眠気が入ってきて、あっという間に眠りに落ちた。

＊＊＊

「お休み、カトリーヌ嬢」

「……お休みなさいませ、フェリクス様」

扉を挟んで、見つめ合う新婚の夫婦。時は夜。ここはカトリーヌの部屋の入り口。

婚姻の儀の日から一週間が経（た）っていたが、二人が夜を共にすることはなかった。

この間、カトリーヌは和やかな食卓をフェリクスと囲み、ヒュドラーのスープに舌鼓を打ち、部屋の中を掃除し、静かに過ごしていた。

仲が悪いわけではない。少なくともカトリーヌはそう感じている。王子は毎夜、挨拶（あいさつ）を交わすために部屋を訪ねてきてくれる。彼女を見つめる瞳（ひとみ）は名残惜しげで、部屋の前から去る際には瞼を伏せている。

離れがたい、と思ってくれているのだと信じている。

とはいえ、自信がない日もある。ただのうぬぼれだと落ち込む日もある。

今日のカトリーヌは、自信がなく落ち込みがちだった。

「ねえ、羽根ペンさん。私、ずっとフェリクス様から避けられていると思いませんか？　やっぱり初日の夜にくしゃみをするわ、言葉遣いも素になっちゃうわ、いっぱい失敗したからですよね。きっと幻滅したんだわ……」

インクのついたペン先を洗うための水に鉤爪を浸していた羽根ペンは、やれやれというように羽根を揺らして水の入った小皿から鉤爪を出した。机の上に、水滴が落ちてビーズのようにきらきらと光る。

ペンは、机の上の文箱を漁ると、そのうちの一枚を引き出してペン先兼鉤爪でつまみ上げると、カトリーヌに見せた。

曰く、『考えすぎだアホ』。

数日前にペンが紙に書きつけた言葉だ。同じところをぐるぐる回って悩むカトリーヌに、ペンは、すでに書いた文言を再利用して答えることにしていた。

「羽根ペンさんったらそればっかりじゃないですか？」

『政略結婚なんだから、婚姻が成就したらそれでいいんじゃないのか？　自分で言ってたじゃねーな』

「それはそうなんですけど、このままでは夫婦として不安です。フェリクス様は気遣ってくださるけれど、それだけなんですよ。なにもないなんて……」

カトリーヌは、片側に垂らした三つ編みを両手で撫でながらそう呟く。毎晩チェリーたちに梳かしてもらっている髪は、三つ編みの編み目一つ一つが立体的に浮かび上がって見えるくらいに、内側から光を放っていた。

心細げなカトリーヌを前に、羽根ペンは一旦静止した。なにか考え事をしているようにも見える。ペンは箱の中から二枚の紙を取り出した。差し出された一枚目の紙にはこう書かれていた。

『子作りがしたいってことか？』

カトリーヌは一気に赤面した。

くしゃくしゃにされた形跡のある紙は、前にも一度出されたことのあるものだ。そのときはカトリーヌが勢い余って丸めてしまったのだ。

「な、なにを言ってるんですか！」

『お上品ぶった気持ち悪い言葉をやめて、お前の本当の心を伝えろよ。あの王子は鈍いから遠まわしは通じないぞ』

二枚目の紙は、何度も出されている紙だ。一日一回は目にしている。

「それが出来たら苦労ないですよ。まったく、それしか言えないんですね」

恥ずかしさから語気を強めるカトリーヌに、ペンは怒ったように飛び上がった。

そして、せっかくインクを洗い流した後だというのに、勢いよくインク壺に鉤爪を突っ込むと、先ほど出した紙の裏に猛烈に何事かを書き始めた。

まず目に入ったのは、大きな字で書き殴られた『辛気臭えー！　いつまでもいじけてる奴ってのが一番苦手なんだ！』というペンの心の叫びだ。

その下にはこうもあった。

『引きこもってるから陰気になるんだ。毎日銀磨きやら窓拭きやらしやがって。明日は部屋の外に出ろ。さもないと顔に髭を描いてやるからな』

「そんな横暴な！　大体、部屋から出られないのは私のせいじゃないんですけど！　蜘蛛のモンスターの糸が城中に張り巡らされてるから、誰かについていてもらわないと城内を歩いちゃだめだって言われてるんですよ！　私が部屋から出るたびに、誰かについていてもらわないといけないんですよ！　私の都合で皆さんにご迷惑をかけちゃうんですよ！」

そう、カトリーヌが引きこもっているのは、城の警備を担当する蜘蛛女の糸が、そこら中に張り巡らされているからである。

『そこの交渉も気持ちを話す練習だ。黙ってても周りが勝手に良くなっていくわけじゃねーぞ』

「うう、正論っぽいことを言われている……」

『お前の好きなことは何だ？　何をして過ごしたいのか考えろ。そんで伝えろ、分かったな。じゃ、俺っちは休むわ』

好き勝手に意見を書き散らすと、羽根ペンは定位置のペン立てに戻ってしまった。

「ちょっと！」

声をかけても、ペンはただの羽根ペンに戻ったかのように、動いてくれない。諦めたカトリーヌは、しおしおと寝台に向かった。

（確かに、お城の役に立つことをしたいって決めていたのに、この一週間なにも出来ていなかったのは確かだわ。このままじゃいけないっていうのは分かっていたのよね）

明日、何をどう伝えようか。やりたいことは決まってはいるが。


翌朝、カトリーヌは日が昇るよりもずっと早く目覚めた。

今日からは、羽根ペンから言われた通り、自己主張をしてみないといけない。

緊張はするけれど、早く目が覚めた理由は緊張からだけではない。やりたいことについて考えるとワクワクしてきて、楽しみで起きてしまったのだ。

眠りにつくまでの間にも、どう切り出そうか、どんな伝え方をしようか、と頭の中で作戦を練り続けた。

カトリーヌがしたいこと、それは掃除だ。洗濯でもいい。

チェリーが頑張ってくれているのは知っているけれど、やりがいのある掃除スポットはまだ沢山あるし、食事の際には、真っ白にしたいクロスも見かけた。ずっとウズウズとしていたのだ。

それに、お城のみんなの役に立とうと、晩餐(ばんさん)会のあとで決意したではないか。とカトリーヌは考える。

蜘蛛女の糸をどうにかしてもらえるように、交渉することから逃げていては、何も変わらない。お城のために出来ること——大好きな掃除や洗濯をするために。今日は絶対に、王子に相談をするつもりだった。

（王女らしい言い訳も用意したし、するわよ、楽しいお掃除を……！）

ベッドから体を起こして、両手の拳を握った。

王子はもう起きているはずだった。日が昇る前から、執務室でミノス王の執務を手伝っていると、カトリーヌは聞いている。

警戒心の強いミノタウロス族は、まとまった時間の睡眠をとらないらしく、短時間の睡眠を細切れに取るという習性を持っている。それは王子にも遺伝し、王と王子は深夜から早朝にかけて、執務室で仮眠をとりながら働いているのだ。

初めて王子からその話を聞いたときは、無理をしていないか心配をしたけれど、それが体に合ったリズムなのだと王子は言っていた。

（買った苗はその日のうちに植えろ、とエリンの諺でも言うわ。即行動よ）

と、カトリーヌがベッドから片足を下したところで気づいた。まず部屋を出るために、誰かを呼ばないといけないのだ。何しろ部屋の外に一歩出たら、糸の罠だらけなのだから。

しかも身支度だって、王太子妃となったカトリーヌは一人では出来ない。洗顔のお湯はチェリーに頼まないといけないし、ドレスを着るのだって一人では無理だし、そのドレスだって衣裳部屋から運んでもらわないといけない。

チェリーを呼ぼうにも、日が昇ってからしかチェリーたちは動き出さない。

（うーん、この手はあんまり使いたくなかったけれど）

少しの逡巡の後、カトリーヌは覚悟を決めた。手段は選んでいられないのだ。

ネグリジェの上にガウンを羽織り、スリッパを履く。部屋の扉の前まで行き、ドアハンドルを引いた。

部屋の外には誰も居ない。扉から顔を出さないまま、左右を確認する。そのまま扉を閉じる。また扉を開けて、外を観察し、閉じる。これを繰り返す。

五度目に扉を引いたとき、外には青の鎧の騎士が立っていたが、カトリーヌは驚かなかった。

「おはようございます、カトリーヌ様。どうかしました？　扉を開けたり閉めたり」

サージウスが、面白そうに訊ねた。

「おはようございますサージウスさん！　きっとサージウスさんが来てくれると思っていましたですわ。王子にちょっと用があって執務室に行きたいのですが、チェリーはまだ動ける時間じゃないでしょう？　だから連れていっていただきたいと思いまして」

微笑んでそう言うと、サージウスは錆びついた音を立てて頭を傾けた。

「なんで俺が来ると思ったんですか？」

「サージウスさんはきっと私の見張りをされているからです。晩餐会に呼びに来たときも、ちょうど良く扉の前に居ました。変な動きをしたら、すぐに蜘蛛女さんから連絡が行くんじゃないでしょうか。とはいえこんな時間にお呼びすることになって、それはごめんなさいですわ」

「ふうん。まあ、俺は眠りませんし、朝も昼も関係ない存在です。まあそこはお気遣いなく。にしてもカトリーヌ様、知略家でいらっしゃる。見張っているわけではなく、警護だって訂正だけはさせていただきたいですが。……うん、なるほど。承知しました。しかしその格好では」

そう言ってサージウスはカトリーヌの姿を眺めるような動きをする。ネグリジェにガウンを羽織っただけのカトリーヌは、またもにっこりと笑って言った。

「私、自分で着替えられます！　衣装室から出来るだけ簡素なドレスを持ってきてくださいな。あれば、ワンピースがいいですわ。あとは水とタオルでも頂ければ、お待たせしないで支度が出来ます、ですわ！」

サージウスがその通りにすると、宣言通りカトリーヌは三十分もかからずに支度を終えた。部屋の外で待つサージウスを呼び、胸を張ってみせる。

白襟のついたシンプルな黒のワンピースに、髪は自分で編んで垂らした。王城で働いていたときと同じ髪型だ。首元には、形見のネックレスが揺れている。

「どうです？　まるで普通の娘のようでしょう？　私、こうして変装してよく城下の様子を見ておりましたの」

という発言は嘘であるが、義妹のアンヌが何度かお忍びで下級貴族のパーティに遊びに行っていたことは知っている。庶民的なワンピースを着て城下にくり出す王女が居ても良いだろう。

「へえぇ。早いですね。レディの身支度というと、とにかく時間がかかるものだとばっかり。にしても、本当にそのワンピースでいいんすか？」

「ええ、このワンピース、私の求める通りのものです、ですわ。チェリーたちと大きさ違いのメイド服ね。これなら一人で着られるし、動きやすいわ、ですわ」

カトリーヌの着ているワンピースは、エプロンをつければチェリーたちとお揃（そろ）いのメイドの装いになる。

「簡素なやつっていうとそれしかなかったんですけど、まさかチェリーの服の参考にしたメイド服をカトリーヌ様が着られることになるとは。俺、怒られそうですね」

「大丈夫ですわ。私が無理を言った、と王子には伝えます。それにこのメイド服は、とっても都合が良いですわ。さ、執務室に案内してくださいな」

カトリーヌは意気揚々と言い放った。


「ノックは私がしますわ、よろしいですか？　私が中に入ったら、外で待っていていただけると助かりますですわ」

「あ、え、はい」

執務室まで案内してもらったカトリーヌは、サージウスに宣言すると執務室の重厚なドアをノックする。

そのとき、強い視線を天井近くから感じた。反射的に見上げると、薄暗い天井の隅に、白い影が見えた気がした。

（気のせい、かしら）

首を傾げたカトリーヌだが、今はそんな場合ではなかった。ドアに向き直ると、ちょうどフェリクス王子がドアを開けたところだった。

「カトリーヌ嬢、どうした？　その格好も……」

「フェリクス様、おはようございます。お仕事中に申し訳ありませんですわ。実は、ご相談がありまして。服装についても、その際にご説明させてください」

目を丸くする王子に向かい、カトリーヌは昨晩ずっと考えていた通りの台詞で返す。不思議そうな顔をしつつも、王子は快く執務室内に通してくれた。

執務室は整頓されていた。簡素で実用的な内装は、一国の王の執務室であるとは信じられないほどだ。

正面の壁と右側の壁には、作り付けの大きな書棚がある。棚の下段は鍵付きのキャビネットになっている。

正面の書棚の前に、飴色の木で出来た大きな机があり、そこにミノス王が窮屈そうに座っている。紫色の単眼の目には、小さめの眼鏡が掛けられていた。グラスは当然一つ。特注なのだろうか、とカトリーヌは不思議な気持ちでそれを見た。

入ってすぐのところに、ローテーブルを挟んで長椅子が向かい合うように二脚置かれている。ローテーブルの上には大量の書類や地図、本などが積まれていて、一部は長椅子にまで侵食している。座るように勧められたので、書類に触れないように注意して腰掛けた。

ミノス王はなぜか気まずそうに、何かを呟きながら立ち上がり、自ら書棚に本を取りに行った。その岩のような背中に、カトリーヌが声をかける。

「ミノス王陛下、お仕事中に申し訳ございません。フェリクス様にご相談がありまして、いっとき、別の部屋にフェリクス様をお連れしてもよろしいでしょうか？」

ミノス王は太い首を巡らせてカトリーヌの方を振り向くと、音量を調整した声で言った。

「ははは、いやはや。無骨で散らかった部屋にレディをお招きするというのは、いささか恥ずかしいものだな。フェリクスに用とはまったく素晴らしい！　こいつは新婚だというのに、こんな紙魚の巣にこもっているのだ。儂が言っても聞かなくてな」

「新婚だからといって仕事をしなくていい法はないでしょう。僕は父上のような器を持ちませんので、真面目に学ぶ以外ありません」

豪快なミノス王の言葉に、フェリクス王子が淡々と返す。少し拗ねたような色を混ぜながら。

やれやれ、といった風にミノス王は一つきりの目を瞑ってため息をつく。

「まったく、新妻を放ってまでする仕事などあるろうか。否、ない。カトリーヌ殿の怒りはもっともだ。さあ耳でも引っ張って連れていってやってくれ。もうひと思いにやっていい」

「何をですか。まあ母君なら絞め落としてきそうではありますが」

「分かっているなら、さっさと行って頬でも張られてこい。今日はもう仕事は休むといい」

「ちょっと、何するんですか！　ぐうっ」

ミノス王がのしのしと王子に寄っていったかと思うと、襟首を掴んで猫のように持ち上げると、首が締まらないように襟に両手を差し入れながら、王子が抗議の声を上げた。

「わわ、そこまでしていただかなくても大丈夫です！　私怒っておりませんし、本当にただの相談なんです！　ええと、それでは、ここでお話ししてもよろしいですか？　すぐに終わりますので！」

カトリーヌは長椅子から腰を浮かせると、慌てて言った。別室に移動して王子を説教したなどと思われてはたまらない。

それに、相談の内容からして、ミノス王に同席してもらった方が話が早いかもしれない。蜘蛛女の糸の件は、城の警備の問題でもあるからだ。

直接ミノス王に談判する勇気がなく、まずは王子に相談しようとしていただけのこと。

（ちょっと怖いけれど、王子と一緒なら、出来るかもしれないわ）

腹をくくったカトリーヌは、上目でミノス王の大きな眼球を見つめた。王は「ふむ」と呟き、王子を床に下ろした。

「確かに息子をここまでの朴念仁にしたのは、親である儂の責任でもある。聞こうではないか」

「ですから違うんです。怒ってはいません。フェリクス様にはフェリクス様のお考えもございますでしょうし」

「ほら見ろフェリクス。カーラが本気で怒ったときと似たようなことを言っておる。愛想をつかされるぞ」

「もう、違うんですってば！　……ですわ！」

部屋にカトリーヌの声が響いた。

「では聞こう。本当にここで話せるのか？　父上が聞いてもいい相談なのだな？」

カトリーヌの向かいの長椅子に腰掛けた王子は、視線を横に動かして、ミノス王の方をうかがいながら訊ねた。ミノス王は、机に戻り書類に目を通す素振りを見せているが、尖った耳を動かして音を集めているようだった。

「はい。あの、ミノス王陛下からもお許しを頂く必要があるかもしれませんので」

「父上からも？　一体どんな願いだ？」

王子の眉間にいぶかしげな色が淡く浮かぶ。

「あのっ！　二つご相談がありますですわ！」

カトリーヌは思い切って話を切り出した。

「一つ目は、チェリーたちと一緒にお城のお仕事をさせてほしいということです！　もちろん一人では歩き回りません。何もしていないと、落ち着かなくて。余計にフェリクス様のことばかり考えて……じゃなくて、えっと、とにかく、疑われるようなことはしませんので、どうか！」

胸の前で両手を組んで訴えると、王子はかすかに眉を持ち上げた。

「疑ってはいない、が、そうだな……そう思われても仕方のない状況だ。僕のことを考えてくれるのは嬉しいが、考えすぎると辛いというのも分かる。僕も貴女のことを考えると胸が苦しくなることがあるからな。しかし貴女にチェリーと同じ仕事をさせるというのは、申し訳ない」

「フェリクス様が私のことを考え……って、そこはどうでもいいんです！　いえ、良くはないですけれども！」

自分で自分の言葉に恥ずかしくなったカトリーヌは、もじもじと体を動かした。

「と、とにかく、チェリーたちは可愛くて一緒に居ると癒やされるんです。だから、チェリーたちに教わって、一緒にお仕事をしてみたいんです。経験はないのですが、家事もやってみたら楽しいかもしれませんし、気分転換にもなると思いますわ！」

考えてきた言い訳を一息に言い切る。王子は迷っているようで、すぐには返事をくれなかった。

「いいじゃあないか。この城にヒト族のレディの楽しめるものというと、確かにないかもしれん。チェリーの手伝いという発想はまことに新鮮だ。チェリーたちと一緒に動くならば、アラーニェの糸も避けられるし安心だな」

ミノス王が横から賛同をしてくれた。その言葉にカトリーヌが質問を返す。

「アラーニェ、とはどなたでしょう？」

「蜘蛛女の名前であるな。そうか、そこまでは聞いておらんかったか。最近赤子が生まれたことも？」

「はい、それも存じません、ですわ」

「いつにも増してピリピリしておるのだ」

そこで言葉を切ると、ミノス王は真面目な顔になって顎に手を当てた。

「儂の考えが足りずに申し訳ない。今の状況は軟禁と思われても仕方ないな。魔王城に囚われた姫君というのも、今どき流行らん、いやはや」

「二つ目のご相談はその件なのです」

ちょうどよくミノス王が今のカトリーヌの状態に触れてくれたので、王に向けて話を続ける。

「糸について、私にも教えてほしいのです。目に見えぬ鋭い糸を避ける方法はあるのでしょうか？　私の行っていい場所だけでも、糸を避けられるようになりたいのですわ」

カトリーヌの訴えを聞いたミノス王は、「うぅむ」と唸って考え込んでしまった。

そのとき、背後から咳払いがした。フェリクス王子のものだ。

「カトリーヌ嬢、元々は僕への相談だったはずだな。僕にも顔を向けて、話を聞かせてもらえないだろうか」

拗ねたような声に振り向くと、王子が腕組みをしてカトリーヌを見据えていた。

「あ、し、失礼しました。どうでしょう、二つ目の相談は、難しいものですか？」

「糸の避け方なのだが、皆避けているのではなく、触れても問題がないようになっているだけなのだ。あの蜘蛛にとって城は巣だ。自分の巣に入れる仲間だと判断すると、特別なフェロモンを纏わされる。すると、傷つかなくなるのだ」

「そういうことなのですね。アラーニェさんに仲間と思ってもらうには、どうしたら良いのでしょう？　お会いしたり出来ますか？」

「彼女は恥ずかしがり屋で警戒心も強い。なかなか姿を見せないだろうな。時機が来れば理解するだろうとは思うが、それまで貴女に我慢を強いるのも本意ではない。そうだ、あれは母君の言うことならば聞く。母君に命じてもらうようにしよう」

「カーラ様に仕えているということでしょうか？」

カトリーヌが訊ねると、フェリクス王子は首を横に振った。

「従者ではない。契約をしているわけでもない。ただ懐いてる。友人というのが一番近いだろうな」

「ご友人、ですか」

エリン王城では、使用人たちはカトリーヌと親しくすることを禁じられていた。出入りの商人たちも同様に、カトリーヌに話しかけただけで、その後の取引を断られてしまう。こっそりと優しくしてくれる人は居たけれど、友達と言えるほど堂々と付き合える相手は居なかった。

（お友達というと、中庭に迷い込んできた猫とかあとは部屋に住みついた小さな蜘蛛くらいだったなあ）

じめじめとした半地下の部屋をあてがわれたカトリーヌの前に現れた小さな蜘蛛は、ぴょんぴょんと跳ねるだけで巣を張らない種類だ。そっと外に逃がしても戻ってくるので、いつしか同居人のような感覚になっていた。

どうしても寂しい夜には話しかけもした。

あの蜘蛛と意思を通じ合えるようになったとして、そして、カトリーヌの頼みを聞くくらいに懐いてくれたとして、蜘蛛が警戒している誰かを部屋で好きに過ごさせろなんて命令出来るだろうか？　命令を無理に認めさせたとして、その後に蜘蛛がその誰かを心から信頼することなどあるだろうか？

「……フェリクス様、カーラ王妃にお話を通していただかなくても大丈夫です。アラーニェさんが私を認めてくれるように頑張ります。それまで、一人で歩き回ることはやめておきます。そうでないとアラーニェさんは、きっと安心出来ないでしょうから」

「いいのか？」

「ええ。私、頑張ってアラーニェさんに認めてもらえるようにします。それに、チェリーのお仕事の手伝いもバッチリこなしてみせますよ！」

　にっこりと笑ってそう言うと、王子もうなずきで返してくれた。

「分かった。また何かあれば、いつでも相談してほしい。春から夏にかけては雨季にあたっていて、地すべりの危険がある場所を調査していたのだが、今日には整理が終わりそうだ。だから、時間は問わない。貴女が許してくれるなら、夜にでも……」

「雨季があるんですか？　そういえばゼウトスに来るときに、山を越えたあたりから、随分と気候が変わったとは思っておりました。エリンには雨季がありませんでしたから、地すべりが起こるほどの雨って想像もつきません」

「うん、それはそうなのだが」

　王子が微妙に眉尻（まゆじり）を下げたので、よほど地すべりが心配なのだな、とカトリーヌは理解した。忙しいところに長居をしては迷惑だろう。

「それでは、失礼させていただきます。お仕事中にお邪魔いたしました。ありがとうございました、ですわ」

　王子とミノス王に会釈をして、退室する。

　執務室の外では、サージウスが退屈そうに待っていた。退室の挨拶（あいさつ）をした際になぜかミノス王が頭を抱えていた理由にも、王子の微妙な表情のわけにも、カトリーヌが気づいたのは部屋を出てしばらく歩いてからだった。

「よ、よ、夜。夜って言った……!?　フェリクス様が！」

「へ？　どうしましたカトリーヌ様」

「ななな、何でもないわ！　ですわ！」

外回廊で立ち止まり、顔を赤くしたり青くしたりしながら独り言で嘆く。サージウスは、そんなカトリーヌを不思議そうに見つめるのみだった。

4章　お洗濯しましょう

「さて、では始めましょう！」

魔王城の主塔から少し離れた側塔に、カトリーヌは居た。側塔の壁に這(は)い絡み合う太い蔓(つる)があり、それを見上げるカトリーヌの周りには七人のチェリーが集まっている。

チェリーたちは、お揃(そろ)いのメイド服を着たカトリーヌにひとしきりはしゃいだ後だ。明るい陽光の下で見るチェリーの髪は、いつもより鮮やかに見えた。

太い蔓は土から生え出て、塔の外壁に沿って上に伸び、空に向かって横に広がっている。固く寄り合わさった蔓がカトリーヌの頭上の光を遮り、初夏の日差しから逃れた影の中はひんやりと涼しい。

まるでヤドリギのように塔から突き出した蔓の塊は、繭のような形を作っている。どうやら、その中がチェリーたちの居住空間になっているらしかった。一風変わっているが、ツリーハウスのようなものだろう。

そうカトリーヌが見上げていると、蔓の塊に空いた無数の小さな穴から、ひょこ、ひょこ、ひょこ、とピンク色のおかっぱ頭が覗いた。

「あの子たちはまだ小さいの」

「だから、見習いなの」

「アタシたちは一人前なの」

カトリーヌを取り囲むチェリーたちが、誇らしげに言う。

一斉に小さな花を芽吹かせたように色づく繭状のツリーハウス、否、蔓ハウスを眺めて、カトリーヌは頬をほころばせた。それから、自分の周りに集まったチェリーたちの方に顔を向ける。

「何からやればいいかしら？　いつものやり方を教えてちょうだい」

「まずはねーお洗濯だよ」

カトリーヌのスカートを引いて、チェリーの一人がそう教えてくれる。

日が昇りきってから洗濯とは、と、思いかけて、そういえばチェリーは花の精であったことを思い出した。日の昇らないうちから活動するというのは無理だろう。

エリン王国の王城で使用人として働いていたときの、まだ暗く寒い時間に、冷たい水を汲む生活が蘇る。

それが日常だったからカトリーヌは受け入れていたけれど、チェリーがそうして働くところを想像すると、可哀想だ。チェリーは小さな体で頑張ってくれている。だから、これからはカトリーヌの当たり前の方を変えることにする。つまり『洗濯は日が昇ってからのんびりと』である。

「じゃあ、お水を汲まないとね。暖かい季節だから、手がかじかまなくて良いね！　寒い季節の水汲みって、本当に大変で」

「カトリーヌさま、お水くむのー？」

「冷たいお水をー？」

「あ、っっっと、そうね、大変だって聞いたの。前のお城でね」

焦って言い繕うが、チェリーたちは何も気にしていない様子で話を続ける。

「お水はねー、くまないよ」

「アタシたち花の精だよ」

「花と土とお水は仲良しなんだからね」

「カーラさまはすごいんだよ」

そう言ってチェリーたちは、カトリーヌの両腕にぶら下がるようにして、太い蔓の根元へと引っ張っていく。

蔓の根元に集まると、チェリーたちはその表面に両手のひらを当てる。カトリーヌさまも、と促されて、カトリーヌも蔓の表面に片手を添えた。

「両手だってばー」

「いいのよ、私は片手で」

「でもカトリーヌさまと一緒に手を当ててって言われたよー」

「カーラさまが言ってたよー」

「そうなのね。でも片手でも変わらないと思うわ。ちゃんと当ててるからね」

チェリーの言葉に苦笑して答える、そんなやり取りがあった。

きっとカーラ王妃の力を使って、地面から水を吸い上げる仕組みがあるのだろうと予想は出来た。

チェリーたちが蔓に触れることで、蔓に通る王妃の力を発動させるためのスイッチのように作動するのだろう。

でも……、とカトリーヌは考える。

（私は無才無能のカトリーヌだもの。何の力も持たない私が触れたところで、意味はないと思うわ）

出そうになったため息を飲み込んだ、そのときだ。

蔓の表面が、ぬるりと蠢（うごめ）いた。

驚いて手を離す。手には何の変化もない。顔を近づけて蔓の表面を見るが、こちらも見た目に変わったところはない。

恐る恐る、もう一度蔓に手を添えてみる。今度は両手だ。すると、触れた部分からやはり、粘度のある水気を感じる。蔓の表面が鼓動のように脈打っているのも感じる。

目を閉じて集中してみると、冷気が手のひらから流れ込んできて、カトリーヌの体を巡る。しかし、胸のあたりで何かにせき止められ、冷気はそこで消えた。

「あ」

チェリーのうちの誰かが、間の抜けた声を上げた。

次の瞬間、カトリーヌの目の前に筒が飛び出してくる。反射的に数歩下がる間に、筒は先端を下向きに曲げてポンプの口のようになる。ドドド、と足元の地下深くから振動が伝わってくる。

「いそげ、いそげ」

そう言ってチェリーがバケツを運んでくる。

ポンプの口の下にバケツが置かれるのと同時に、筒から勢いよく水が吐き出された。飛沫が跳ねて、カトリーヌの頬を冷たく濡らす。目の前できらきらと、水の粒が光を照り返す。

「せいこーう」

「わーい涼しいねー」

「もっとバケツ持ってきてよー」

走り回るチェリーの真ん中で、カトリーヌは呆然として目の前の光景を眺めた。

こんなに強い魔力が働いているのを見るのは初めてだ。

「カトリーヌさま濡れちゃったねー」

「お水かかってびっくりしたー?」

「大丈夫よ。カーラ様のお力はすごいのね。きれいなお水があっという間に溜まっていくわ」

視線の先、すでに三つ目のバケツがいっぱいになろうとしている。

「さあ、お洗濯開始ね！」

カトリーヌが宣言した。


カトリーヌは張り切って両手にバケツを持ち、チェリーたちから憧れの視線を向けられる。たらいに石鹸水を作り、大物から洗っていく。カーテンなどは素足になって踏んで洗う。照りつける日差しに、ひんやりとした水が心地よい。

「本当はアレがあると、もっと真っ白に出来るのだけれど」

洗濯屋のおかみさんから聞いた秘訣を思い出して、つい口からこぼれる。

「カトリーヌさま何か言ったー？」

「欲しいものがあるのー？」

「あ、えーと。何でもないのよ！」

さすがに染み抜きの知識があるのは不自然だろう、と慌てて否定する。

ふ、と頭上から視線を感じた。

しかし見上げるとそこにはただ塔がそびえるのみで、こちら側には窓もない。誰かが覗けるはずもないので、気のせいだろうか。でも、どうしても引っかかることがある。外壁に張り付くことが出来るならば、あるいは、と思ったのだ。

「ねえ、アラーニェさんはいつもどこに居るのかしら。私、まだ会えていないの」

カトリーヌの問いに、テーブルクロスの脱水に取り掛かっていたチェリーたちが答える。

「色んなところにいるよー」

「蜘蛛だからどんなところも歩けるよー」

「よく天井とかにいるよねー」

「そうなのね。教えてくれてありがとう。私も、アラーニェさんに早く会いたいな」

チェリーたちだけでなく、どこかで見ていたかもしれないアラーニェにも向けて、カトリーヌは言った。

「よしっ、これでおしまいね！」

チェリーたちと協力して全ての洗濯物を干し終えたカトリーヌは、充実した気持ちで伸びをした。

と、顔に差す陽の光が突然チカチカと明滅し始めた。

何だろう、と首を傾げる間もなく、今度は目の前に幕が降りたようにぼやける。やがて全てが白くなっていく。思わず目を瞑って膝をつくと、瞼の裏に一瞬だけ不思議なイメージが浮かんだ。

干したばかりの洗濯物が、豪雨にさらされてびしょ濡れになっていた。

（な、なに？　今の。……白昼夢？　ぼんやりとしていたけど、確かに、洗濯物に見えたわ）

目を開けてもまだ混乱が残るカトリーヌのもとに、チェリーたちが集まってくる。心配する彼女たちの小さな頭を一つ一つ撫でているうちに、少しずつ気分が落ち着いてきた。

昔、母に占いをするときにどういう感覚なのか聞いたことを思い出す。

『ただ、見えるだけよ。意味が分からなくても、ただ景色として見えるの』

そんな答えだった。それは、今自分が見たようなぼやけたものなのだろうか。

（まさかね。だって何度試しても、私に占いの才能は無かったし……でも、本当に起こるとしたら？）

困ったカトリーヌは、空を見上げた。とても雨など降りそうにない、雲一つない青空だ。

「カトリーヌさまどうしたのー」

チェリーの一人からスカートを引っ張られる。

「んー、えーと。ちょっと聞いてみたいんだけど。これから大雨が降ることってあると思う？」

「あめー？」

「そう、まさかこんな良いお天気の日に、雨なんて降らないわよね」

「降ること、あるよー」

「ザザーッてすごいのー」

「そ、そうなの？　でも、そっか。エリンとは気候が違うみたいだし、そういう雨もあるのね」

せっかく干した洗濯物だ。今すぐ取り込もうなんて言い出しにくい。それでも、洗濯物が台無しになったらチェリーたちはきっとがっかりするだろう、と思うと落ち着かない。

（もし違ってたら私が全部干し直せばいいか！）

「ねえ、雨が降る気がするの。気のせいかもしれないけれど、取り込んだ方がいいと思う。手伝ってくれる？」

心を決めたカトリーヌがチェリーたちに声をかける。

チェリーたちはお互いに顔を見合わせて、きょとん、とした。でも、次の瞬間には笑い合って、

「いいよー！」と声を合わせて答えてくれたのだ。

洗濯物を取り込む間も、楽しそうに空を見上げて、今か今かと雨を待つような様子が微笑ましかった。と同時に、雨が降らなかったらがっかりさせてしまうかもしれない、とヒヤヒヤもした。

全てを取り込んで、チェリーたちが洗濯物を担いで木陰に移動し終えた。物干しロープの下に一人残ったままのカトリーヌが、少し不安になって空を眺めたときだ。

ぽつ。

鼻先に大粒の水が一滴落ちた。

あれ？　と思う間に、水は二滴三滴と続けて落ち、空の低いところで獣が唸るような音が鳴る。

一瞬空が光ったかと思うと、次の瞬間には猛烈な勢いで雨が降り出した。

「ホントに降った⁉」

驚いている間にも、カトリーヌの全身を雨が打っていく。

チェリーたちに急かされて木陰に駆け込む。カトリーヌはすっかり濡れてしまったけれど、まったく落ち込んでいない。無才無能の自分が、母の占いのように雨を予感した。ただの勘と言えばそれまでだが、その勘すら人並み外れて鈍かった自分が。

（偶然だと思うけど、嬉しい……！）

びしょ濡れのまま、こっそり頬を緩めたカトリーヌだった。


雨はあっという間に止んだ。チェリーたちと洗濯物は無事だったけれど、カトリーヌのワンピースからは水が滴っている。洗濯物をチェリーたちに任せて、カトリーヌは着替えに戻ることにした。

主塔に戻ったカトリーヌは、待ち構えるようにしていたカーラ王妃に出迎えられた。

王妃の腕には、赤ん坊の姿がある。赤ん坊は柔らかな糸でやさしくくるまれて、繭から顔が生えたようになっていた。

「あらあらまああ、ワイバーンの群れのおしっこに遭ったのね！」

目を丸くして王妃が高い声を上げた。腕の中の赤ん坊が顔をくしゃりと歪める。

「ワイバーンの……なんですか？」

赤ん坊も気になるし、いきなりおしっこという単語が出たことにも驚かされるし、どんな顔をしていいのか分からない。結果、無表情で訊ねる形になった。

「あらやだ、ごめんなさい。エリンでは言わないのかしら。さっきみたいな、急な雨のことをそう呼ぶのだけれど」

「そ、そうなんですか」

ゼウトスの民のネーミングセンスに、カトリーヌは何とも答えようがなかった。ワイバーンの群れのおしっこを浴びたなんて、例えであってもがっくりしてしまう。

「そんなことより、すぐに着替えなくてはね。あ、ちょっと、チェリー！　そうよ、そこで窓拭きをサボっているチェリーを呼んでるのよ。お風呂の準備をしなさい。それと、カトリーヌちゃんの部屋にタオルと着替えを運んで。ゆったりと着られるものが良いわ。それから、紅茶を運んでちょうだい。一人じゃ大変だからみんなで協力するのよ」

王妃がそう指示すると、呼ばれたチェリーは蔓の脚が絡まんばかりの勢いで走り去っていく。

「さて、あとはそこのチェリー！　そう、真面目に窓を拭いていた方のあなたよ。偉いわね。カトリーヌちゃんをお部屋に……」

王妃の言葉の途中で、赤ん坊が顔をくしゃくしゃにした。顔全体が茹だったように赤くなっている。号泣の気配にその場の皆が緊張した瞬間、赤ん坊は大きな泣き声を上げた。

「ピィイィ――――‼　ギィキィイィ――――‼」

錆びた蝶番の立てる音に似た、思わず耳をふさぎたくなる高音。カトリーヌの知る赤ん坊の泣き声とは違った。

「あらいけない。泣かせたら彼女に怒られちゃうわ。じゃ、カトリーヌちゃん、急いでお部屋に戻って着替えてね！　暖かくするのよ！　あ、あとで部屋を訪ねてもいいかしら⁉」

「は、はい！　ありがとうございます！　お待ちしています、ですわ！」

カトリーヌの返事を背中で受けるかたちで、王妃は足早に去っていった。


そして今、カトリーヌはがちがちに緊張している。彼女の部屋にカーラ王妃が訪ねてきているからだ。

立派な蔓の下半身を持つ王妃は、カトリーヌの勧めた長椅子に横たわるようにして寛いでいた。うねうねと動く蔓が部屋の半分を占めていて、カトリーヌの椅子のすぐ側にまで伸びている。

部屋には花の香りが充満していて、チェリーの用意してくれた紅茶の香りも分からない。

「寒くはない？　お湯を張らせているところだから、もう少し待ってね。その間お話ししましょう？」

「は、いえ、はい。その、お話とは？」

チェリーたちと一緒に洗濯をして、豪雨に降られてみっともない姿で帰ってきたのだ。フェリクス王子の妻としてふさわしくない振る舞いだと言われるのかもしれない。不思議な迫力を纏ったカーラ王妃と向き合って、カトリーヌはしどろもどろだった。

背中には、羽根ペンが張り付いている。なぜか、王妃が部屋に来たとたん背後に隠れてしまったのだ。怯えているのか、小さく震えて揺れる羽根が背中をくすぐる。

「話題は何でもいいのよ。こちらに来てくれてから、ゆっくりお話しすることもなかったでしょう？　お茶会というものを、一度やってみたかったのよ」

「そ、そうですふぁ⁉　……失礼しました」

返事をしようとしたところで、背後の羽根ペンが大きく震えた。くすぐったさを我慢出来ず、カトリーヌの声が大きく跳ねる。必死にとりつくろいながら、背後のペンをそっと振り返る。

「……ちょっと、ペン立てに戻ってくださいよ。なんでずっとくっついてるんですか！」

小声で文句を言うも、イヤだというようにますますくっつかれてしまう。

「あら、随分と怖がられてしまったものだわ。この羽根ペンはね、元はミノスが使っていたの。そのときにミノスからのラブレターを少しばかり添削して返したのを、ずっと気にしているのね」

「て、添削を？　ラブレターに？」

カトリーヌが驚いていると、羽根ペンは思い切った様子で飛び出して、書き物机に行った。鉤爪のペン先で文箱を漁って、一枚の紙を取り出す。

文言は『嘘だろ』『沢山あっただろ』だ。

カトリーヌがうじうじと悩んでいた際に筆談した紙を、再利用しているらしい。

ちなみに『嘘だろ』は、「別に気にしていないわ」と強がったカトリーヌへの返事であり、『沢山あっただろ』は「フェリクス様のお心について、自惚れる材料なんて一つもないわ」への返事として使われた紙だ。

よく取っておいたものである。

「嘘だなんて！　まあ、添削は少しではなかったかもしれないわね。ふふ、ミノスは勤勉で素直でとても可愛らしいの。手紙なんて書いたこともなかったのに、私のために苦心して毎日手紙をくれたのよ。ちょっと頼りない羽根ペンの助けを借りながらね」

カーラ王妃が楽しげに体を揺すると、蔓に咲いた赤い花も一緒に揺れる。花の香りがまた一段と濃厚になる。

かなわないと判断したのか、羽根ペンはカトリーヌのもとへと戻ってきた。膝の上で、しおしおと横たわる。ペンが哀れになったカトリーヌは、羽根を撫でてやりながら、別の話題を探した。

「あの！　そういえば、お聞きしたいことがあったんです！　先ほど抱いていらした可愛い赤ん坊は、どなたかの？」

「蜘蛛女のアラーニェが最近産んだのよ。彼女が側にいてやれないときに、抱いてやっているの。赤ん坊って本当に愛らしいわ。そう思わない？」

「ええ、本当に可愛らしかったです。あの繭が、アラーニェさんの糸なのですね。あれ？　でも、アラーニェさんの糸で赤ん坊を包んで大丈夫なんでしょうか？　とても切れ味が鋭いと聞いていますけれど……」

自分を悩ませる『糸』の存在を思いながら答えると、カーラ王妃はにっこりと笑った。

「赤ん坊を生んだあとの一定期間、赤ん坊のために柔らかな糸を吐くのよ。シルクよりもよほど上質で貴重。スパイダーシルクとも呼ばれているわね」

「なるほど。有名なスパイダーシルクとは、赤ん坊のための糸だったのですね」

それならばカトリーヌも聞いたことがある。義妹のアンヌが国王にねだっていたけれど、どんな商人のつてを使っても手に入らないと困っていたものだ。それだけ希少である理由を知って、カトリーヌは深くうなずいた。

「アラーニェについて、他に私に聞きたいことはないの？　頼みたいことでもいいのよ？」

「……いいえ、ありません」

探るように訊ねられて、カトリーヌは静かに首を振る。王妃は不思議と満足そうに笑った。

「そう！　ふふ、それならばいいのよ。じゃあ別のお話をしましょう！　今日はチェリーたちとどんな遊びをしたのかしら。あら、恐縮しないでちょうだいな。私、楽しい話が大好きなだけなのよ」

来た、とカトリーヌは身構えたが、その様子を瞬時に見て取られてしまった。

王太子妃としての心得がなってないと思われるかもしれない。と、罠(わな)にかかったウサギのような心地のまま、顛末(てんまつ)を話すことになった。

しかし、カトリーヌの予想は良い方に裏切られた。

「まあまあまあ！　ではあなたには、未来が見えたのね！　素敵だわ！　とっても素敵！」

王妃は大げさな声を上げて、カトリーヌの話に感激したのだ。

「ぼんやりしたものなので、未来が見えたなんて大げさです！　偶然ですわ！」

慌ててカトリーヌは首を振った。魔力の強そうなカーラ王妃に褒められては、居心地が悪すぎる。

「そうかしら？　私、カトリーヌちゃんからは力の存在を感じるのだけれど」

「まさか！　そんなはずありません！　それより、メイドの服を着てお洗濯をしたなんて、フェリクス様の妻にふさわしくないとお思いじゃないですか？」

「あら！　関係ないじゃない！　お洗濯の話をするときのあなた、とっても楽しそうな顔をしていたわ。無理に働けなんて言うつもりはないけれど、カトリーヌちゃんが楽しいなら何でもやったらいいのよ」

カーラ王妃はそう言って微笑(ほほえ)んだ。

「そ、それって、染み抜きとか、床磨きとか、煤払(すすはら)いとか、そういうのもして良いんですか⁉」

思わず身を乗り出して訊ねると、カーラ王妃は鷹揚(おうよう)にうなずいた。

「もちろんよ。それより、カトリーヌちゃんは体に何か異変はないの？　力を使ったのは初めて？」

「初めてっていうか、力なんてないんです。異変なんて起こるはずがありませんわ」

「本当に？　本当になんともないの？」

「はい、なんともありま……」

そうカトリーヌが言いかけたときだっ
ぐぅうう――

とびきり大きなお腹(なか)の音が鳴った。膝(ひざ)の上でカトリーヌに甘えていた羽根ペンが、驚いて跳ね起きるほどの音だった。

「ち、違うんです！　これは違……」

ぐうぅぅーぐぅ――

カトリーヌの弁解に被せるように、さらにお腹の音が鳴る。そして、今まで感じたことのない、強烈な空腹感が襲ってきた。

（なに？　どういうこと⁉　いつもならこんなことないのに‼　は、恥ずかしいけど、お腹が空きすぎて何も考えられない！）

混乱のまま顔を覆うカトリーヌの前で、カーラ王妃が立ち上がる。床に広がる蔓がざわわと蠢いた。

「チェリーたち！　お茶会はおしまいにするわ。カトリーヌちゃんに何かお菓子を持ってきてあげて。たっぷりとね。私は帰ることにするわ」

「カーラ様、すみません。はしたないところばっかりで」

「あら。謝ることなんてなくてよ」

そう言うと、カーラ王妃はカトリーヌの側に寄って、蔓の脚を沈めて顔の高さを合わせてくれる。両肩に王妃の手のひらが乗せられた。

「私が居ては食べづらいでしょう？　きっと初めてのことで、そう、初めてのお洗濯で、お腹が空っぽになってしまったのよ。もしかしたら、力を使った影響かもしれないけれど、まだ分からないものね？　私は力を使うとね、たくさん血が欲しくなったりするものだけれど」

「は、はい。そうですね、お洗濯、初めて……です」

戸惑いながらそう答える。

蔓薔薇（つるばら）族は吸血種だったのか、と考えたところで、王妃に突然抱きすくめられた。

「カーラ様⁉」

「体が冷えていてよ。しっかり食べて、お湯で温まることね。あなたは私の可愛い娘になったのですもの、疲れていたら心配してしまうわ」

母とは似ていないのに、なぜか母に抱きしめられているような感じがした。懐かしさに、胸がいっぱいになる。そのとき。

『ぽわん』

また、胸の中心で、例の感覚がある。胸が温かくなって、全身に力が巡る感覚があるのは一緒だけれど、ピリピリと痺（しび）れるような感覚が加わった。

（なんだか、『ぽわん』がどんどん強くなっているような気がするわ……）

お腹がきゅるきゅると鳴っている。指先がピリピリと痺れている。感覚の洪水でぼうっとするカトリーヌの背中を、王妃は優しく撫（な）でてくれた。

すると、鼻先に羽根が当たった。カトリーヌと王妃の体の間から、窮屈そうに羽根ペンが抜け出てきていたのだ。

「ふふ、羽根ペン。あとはカトリーヌちゃんをよろしくね。くれぐれも、レディのお腹の音をからかったりするんじゃないわよ。もしそんなことしたら、分かっているわね？」

震え上がる羽根ペンを指先で弾(はじ)いて、カーラ王妃は退室していった。

王妃が退室するのと入れ替わるように、チェリーたちが大皿に山盛りのクッキーとパン、それに果物を持ってきてくれた。優に三人分はありそうなそれらを、カトリーヌはぺろりと平らげてしまった。さすがに自分で自分が怖いと思う食欲だ。

食べ終えたお皿を見てびっくりしているところに、お湯の準備が出来たとチェリーが報(しら)せに来た。それで、自分に何が起こっているのか信じられない気持ちのまま、入浴した。

お湯に浸(つ)かって落ち着いたところで、フェリクス王子の言葉を思い出す。

（色々あってすっかり忘れていたけれど、執務室でのフェリクス様の言葉って「そういうこと」だよね？　夜に訪ねたいって、言っていたのよね？）

膝を抱えて顎(あご)をお湯に浸ける。広い浴槽だが、のびのびと足を伸ばす気分ではなかった。ずっと王子の訪問を待っていたのに、それを今夜に控えると、とたんに迷いと不安が出てきてしまう。

不安なことは他にもあった。

カトリーヌは、ぽっこり膨らんだお腹をそっと撫でる。

（あの食欲はなんだったのかしら）

空腹感は力を使った影響だ、というカーラ王妃の言葉を信じることが出来れば、話は簡単だ。でも、カトリーヌはどうしても自分に力があるとは思えない。しかしそうなると、今度は異常な食欲の説明がつかない。堂々巡りだ。

鼻の上まで湯に沈めて、目を閉じる。とにかく今考えるのは今夜どうするか、だ。食欲の謎は、一旦おいておくことにする。

今夜王子が訪ねてきてくれるとなって、どうして迷っているのだろう。

（あ！　私、自分の気持ちをまだフェリクス様に伝えられてないんだ。それに、私が素敵な王女様じゃないってことも、告白出来てない。うじうじしている間に、どんどん言い出しにくくなってたのね）

まったく、羽根ペンの言う通りだった。以前、乱暴に書きつけられた言葉を思い出す。

『お上品ぶった気持ち悪い言葉をやめて、お前の本当の心を伝えろよ。あの王子は鈍いから遠まわしは通じないぞ』

（うう、若干イラッとするけど、やっぱり正しいかも。よし！　正直に、気持ちを伝えよう！　決まり！　もうどうなっても知らないわ！　これ以上考えない！）

半ばやけくそ気味に、カトリーヌの決意は固まった。ほっと息を吐いたカトリーヌは、やっと浴槽の中で脚と腕を伸ばすことが出来た。

冷えた体を温めて浴室から出ると、チェリーが待ち構えていた。何だか急いだ様子で口々に言うのを根気よく聞きとると、王子が食堂で待っている、ということだった。うっかりして昼食の時間を過ぎてしまったらしい。

そんなわけで、乾かしただけの髪を揺らしながら、食堂へと急ぐことになった。

「息が切れているし顔も赤いが、どうした？　体を冷やして風邪にでもなったか？　食欲が無ければ、無理に合わせることはない。僕も昼食を遠慮することにする」

駆け込んできたカトリーヌを見て、王子が言う。

ゼウトスの文化では、夫婦水入らずの食事というのはとても大切にされているらしい。だから、カトリーヌが食べないなら自分も、と言い出したのだろう。その辺りの感覚はまだカトリーヌには理解出来ていない。

「いえ、急いで来たもので。お待たせしたうえに、こんな装いですみません」

「冷えた体を温めることが最優先だ。それに、貴女（あなた）を待つ時間も僕は楽しい」

さらりと言われて、カトリーヌはさらに頬が火照るのを感じた。

メニューはクラッカーに、スープに、ゆでたまご。朝食よりも軽めのメニューなのは、午前と午後にお茶の時間があるからだ。

山盛りのお菓子と果物を食べたあとだというのに、お腹の空き具合はいつもの昼食時と変わらなかった。まるで一旦リセットされたかのようだ。ますますおかしな食欲だ、とカトリーヌは不思議に思う。

「あっ、そういえば、今日は朝食も午前のお茶もご一緒出来ませんでした！　そのうえ昼食にまで遅れてしまって……」

「事情は聞いている。それに、母君は貴女と話せて嬉（うれ）しそうだった。チェリーの手伝いは気分転換になったか？　僕にも聞かせてほしい」

王子の微笑みは柔らかで、カトリーヌの心を優しくくすぐる。と、同時に、どこまで聞いたのか心配にもなる。

（お腹の音の件と山盛りクッキーの件は話してませんよね、カーラ様。ほんっとうに、頼みますよ！）

祈りながら、カトリーヌは、洗濯の仕方からそのあとの豪雨の件まで一息に話した。未来を見たかも、ということに関しては、雨の予感がしたという程度にとどめた。

蔓（つる）から水が出るくだりでは、「あれは母君の魔力で動かしているからな、貴女が感じた冷気は、魔力と混じった水の気だろう」と王子が教えてくれた。

しかしその水の気がカトリーヌの中に入り込み、しかも弾き返されて出ていったように感じたというのは、王子にもよく分からないと言う。

「母君は城内を守る役目でもあるからな。母君の魔力にはその意思が乗っている。知らない力の存在を察知したらそれを探るように働くことは考えられるが」

「でも私には力なんてないはずですよ」

「ふむ、そうだとすれば、やはり分からないな」

それ以上は疑問に思わなかったようで、「とにかく、貴女のお陰でチェリーたちが助かったんだな」と微笑んでくれた。そして、続けてこう言ったのだ。

「ふむ、貴女は今とても活き活きと話していた。洗濯は楽しかったようだ。その姿が本来の貴女だろうというのも分かった。不自由に気づけていなかった僕を、許してほしい。夫として反省している」

「そんな、私がちゃんとお話ししていなかったからです」

「いや、僕が鈍かったんだ。それに、理由も話さず一週間も仕事にかかってしまったし。……気恥ずかしさがあったのも確かだが、そんなことは言い訳にもならないだろう。こんな僕が、今夜にでも貴女の愛を求めようなんて性急だったかもしれない」

「うっ！　んなっ！」

突然の直球発言に、カトリーヌはクラッカーを喉に詰まらせそうになる。急いで水で流し込み、息を整えてからカトリーヌは答える。

「わ、私も、もっと早くお話ししたら良かったんです。私、すごく自信がなくて、妻として受け入れてくださっているのか知るのが不安で、何もお聞き出来ませんでした。お仕事の事情も、フェリクス様の気持ちも。……あの、その辺りのお話を、ゆっくりと出来たら嬉しいです。時間は、いつでも良いのですけれど……夜、でも」

言いながら、どんどんと顔が熱くなっていくのを感じる。途中から視線はテーブルの上に落ちてしまい、王子の顔は見られそうにない。無言が気まずくて、うつむいたまま言葉を重ねる。

「あの、夫としての責務だけで気を遣っていただいているなら、別に良いんです！　私はフェリクス様を、お、お慕いしてますけどもっ！　本当は優雅な王女様ではないんです。ダメ王女なんです！　それでも、」

と言いかけたところで、「フフッ」と王子が笑いを漏らすのが聞こえた。思わず顔を上げると、今まで見た中で一番分かりやすく、王子は笑っていた。

「ハハッ、貴女は本当に可愛らしい。気取っているのはお互い様だ。貴女が嫁いで来た日の夜、元気なくしゃみをしたな。そのときに僕は言ったはずだ、『そのままで十分に素敵だ』と」

……。

カトリーヌは一瞬何のことか考えて、羽根ペンに鼻をくすぐられたことを思い出した。あのときに王子が言っていた言葉は、それだったのか。

「じゃ、じゃあ、ずーっと、『こいつ変な話し方で無理してるな』って思われていたということですか⁉」

「変とは思っていないぞ。君が窮屈そうだと思っただけだ。カトリーヌ」

いたずらっぽく王子が言った。

「き、君っ⁉　呼び捨てっ⁉」

口をはくはくとさせて単語だけを発するカトリーヌを見て、王子はまた笑う。

「君のもとに後で花を届けよう。夜まで君が僕を覚えていてくれるように」

「は、はひ……分かりました」

喉がカラカラになったカトリーヌは、また水のカップに手を伸ばした。

『な、俺っちの言った通りだろ。しかし今日のうちに夜の約束を取り付けるなんて、やるじゃねーか』

部屋に戻り、身支度を整え、そわそわと歩き回るカトリーヌの前に紙が突き付けられた。羽根ペンが誇らしげに羽根を膨らませている。

「すっごい自分の手柄を主張しますね……。まあ、お陰でフェリクス様とお話し出来たから感謝はしていますけど、釈然としないというか。ってそうだ！　なんで最初の夜の王子の言葉を教えてくれなかったんですか！　頑張って『ですわ』言葉で話してることに、気づかれてるぞって！」

『その方がドラマチックだろ？　あと見ていて面白かったし』

「……さては面白がってたのが本音ですね」

恨みがましく睨んでみても、羽根ペンは飄々としたものだ。軽く軸をしならせる様子が、まるで肩をすくめるように見える。

カトリーヌは無言で羽根ペンを掴んで、ペン立てに戻した。

と、そのとき、扉をノックする音がした。

すぐさま扉に駆け寄って、誰かも問わずに扉を引いた。そこには、わずかに瞼を持ち上げて驚いた顔をした王子が立っていた。

「すぐに開けるのは不用心だと思うが、待ち望んでいてくれたと自惚れていいのか？」

淡々と告げる彼の手の中には、赤と白のマーブル模様をした薔薇があった。美しいけれど、見たことのない薔薇だ。

「そ、そうですね、ずっとフェリクス様のことを考えてお待ちしていたので、つい」

「む……」

言葉に詰まった王子と、しばし入り口のところで見つめ合う。嫁いだ初日には、王子は部屋に入らないまま行ってしまった。あの日から、ずっと不安だった。王子の気持ちが分からなくて。

でも、今は違う。

「あの、中でお花を頂きますので。お花を飾る場所を一緒に考えてくれませんか？」

「ああ、そうさせてもらおう」

「どうぞどうぞ！　ふふ、素敵なお花ですね。窓辺のチェストの上がいいかしら。それともローテーブルかなあ。どう思います？」

王子の方を振り向こうとしたカトリーヌの靴のつま先が、絨毯（じゅうたん）に引っかかった。

「あっ」

「むっ」

後ろに倒れそうになったカトリーヌに、王子の腕が回される。薔薇は床に散らばり、二人は抱き合う形になった。あの、嫁いだ日の夜のように。

「ありがとうございます、たすかり、ました」

アメジストの瞳（ひとみ）に至近距離から見つめられて、カトリーヌは視線を離せない。固まる彼女の耳元で、王子が低い声で囁（ささや）く。

「僕の気持ちは、もう伝わっているだろうか？」

「はひっ、はい！」

「君の気持ちについては、僕の勘違いではないだろうか？」

「そう、おもい、ます」

カトリーヌが答えると、王子の顔がさらに近づいた。いつもは静かな美しさを放っている王子の瞳が、炎のように揺らめいている。

「……ん、では、また後で。このままだと君に口づけてしまいそうだ。女性に対してここで焦るのはよろしくない、と書いてあった」

「何にですか？」

「父上が持っていた恋愛指南書だ」

そう言って、王子は腕を緩めようとする。もう少し、もう少しだけ腕の中に居たい。そうカトリーヌの心が叫ぶ。

気づけば手が伸びていて、自分から王子の背に両手を回していた。落とした視線の先に、床に落ちたマーブル模様の薔薇がある。

「お花、落ちてしまいましたね。幸い踏んではいませんけど」

「ああ、……これから、踏まないようにしないといけないな」

「え？」

顔を上げたカトリーヌの目の前に、王子の細い顎(あご)がある。唇が、近づいて――。

吐息が唇に忍び寄る。柔らかく触れ、そして離れた。

「ん、フェリクス様……」

反射的に離れようとするところを、強く抱きすくめられる。

「動かないで。薔薇を踏んでしまう」

「そう、ですね。踏んでしまってはいけないですよね……」

自分の声が、今までに聞いたことがないほど甘い。

「愛している、カトリーヌ」

「私も……です」

もう一度唇が近づこうとした。その時。

強烈な『ぽわん』がやってきた。今まで『ぽわん』と比べ物にならないほどの。

『ぽぽぽ、ぽわん。ぽわわん！』

連続して、胸の中で何かが開いていく。全身に痛いほどの痺れが走る。

「うっ！」

「どうした⁉　カトリーヌ⁉」

王子の声が籠もって聞こえる。胸の内側が炎であぶられたように熱い。沸騰する鍋の底から浮かび上がる水泡のように、ぽわんぽわんが浮かび上がり、弾ける。息が苦しい。

胸の内側は沸騰を続け、とうとう、ぽわんの弾けるのが終わった。

と、カトリーヌがホッとした瞬間。

『ぱりん！』

胸を閉じていた何かが割れた。急に呼吸が楽になるのを感じる。物心ついてから、ここまで深く息を吸えていなかった。割れてみて初めて分かる。今までずっと、何かを制限されていた。

頭のてっぺんから、指先、つま先、髪の毛の先に至るまで、力が巡っていく。まるで暴風のように。どこかから沢山のものがやってくる。体を突き抜けていく。

そして、彼女は『見た』のだ。ある克明なイメージが、彼女に入り込んできた。それはとても恐ろしいイメージだった。

今見えたものは何だったのだろう。カトリーヌはぼうっと考える。

「どうした？　カトリーヌ、顔が青い」

フェリクス王子の声で、彼女はハッと我に返った。

「い、いえ、何でもありません。ドキドキしすぎたみたいです」

「それならば良いが。……すまない、少し僕も、我を忘れそうになっていた。強く抱きしめすぎた。苦しかっただろう」

「そんなことないです！　嬉しくて、安心出来て、温かくて、とても幸せでした！　大体私の方から引き留めてキスを……じゃない！　何でもありません！　と、とにかく、お花！　お花を拾わないと！」

先ほどまでの自分を思い出して、慌てて王子の腕から抜け出す。カトリーヌが薔薇を拾い始めると、王子も一緒になって拾ってくれた。

「あの、珍しい薔薇ですね。私、初めて見ました！」

「これは、マダラ薔薇という。あまり嗅（か）ぎすぎない方がいい。愛に酔うかもしれない」

「愛に、酔う？」

「……これは恋人同士が、愛を語らうときに贈り合う花だ。昔は媚薬（びやく）に使われていたそうだ」

「び、びやく」

「今は、花を贈り合うという形式だけが残っている。成分を精製しなければ効果はないはずだが、ヒト族の耐性は分からないから」

「はい……」

ヒュドラーの血のスープを飲みすぎて、やたらと上機嫌になってしまったことを思い出して赤面する。そんなカトリーヌを、王子がじっと見つめていることに気が付いた。

「別の花にすれば良かったな。父上から借りた恋愛指南書では、絶対にマダラ薔薇を贈れとあったが、あれは少し古い本だからな」

王子がカトリーヌの手から花を受け取ろうとするので、慌てて自分に引き寄せる。

「いえ、これは思い出し赤面でして……ええと、とにかく酔ったのではありません。せっかく頂いた花なので、こちらを飾らせていただきます。さ、さっきのキスも、酔ったのではなくて私の気持ち、です！」

恥ずかしさのあまり花を抱きしめてしどろもどろになっていると、王子は「フッ」と笑いを漏らした。

「ありがとう、僕もだ。……うむ。ひとまず僕はここで退室することにしよう。これ以上君と居たら、止まらなくなってしまうだろうから」

そう言って自分が拾った分の薔薇をカトリーヌに渡すと、王子は部屋から去っていった。

5章　赤ちゃん蜘蛛救出作戦

部屋に残ったカトリーヌは、窓際のキャビネットの上に、拾い集めたマダラ薔薇を飾った。羽根ペンが囃すようにカトリーヌの周りを飛んでいるが、彼女の表情は冴えない。

ぱりん、と何かが胸の中で弾けた後にやってきた恐ろしいイメージが、心を捕らえて離さない。

（まさかあんな恐ろしいことが起こるわけないわよね。雨の気配を感じたのは、偶然、だよね）

そう思っていても落ち着かないのは、イメージがあまりに鮮明で、恐ろしかったから。そして、謎の空腹の理由がまだ分かっていないから。王妃の言う通り、未来を見る力を使った影響なのだとしたら。そんな力が本当に自分にあるのだとしたら……。

（うーん、やっぱり気になって落ち着かないわ！　何も無ければそれで良いじゃない。うん）

カトリーヌは無言のまま体を反転させて、扉に向かった。羽根ペンが、どうしたんだと言うようにカトリーヌの周りを飛び回る。でもカトリーヌはそれどころではなかった。

見えてしまったあるイメージを思い出して、向かうべき場所を探る。

（あのとき見えたシャンデリアは、おそらく大広間のものだわ）

ドアハンドルに手をかけた瞬間、カトリーヌは重大なことに気が付いた。一人で出歩けないのだ。扉を開けて、外の気配に耳をすましてみても、近くには誰も居ないようだ。それなら、と以前にサージウスを呼び出したときのように、出来るだけ不審な様子で扉を開けたり閉めたりしてみる。

「………………だめかあ」

何か他の仕事でもしているのか、アラーニェが見張っていないのか、サージウスは現れない。そんなカトリーヌの隣で、羽根ペンは戸惑うようにふよふよと羽ばたいていた。

「そうだわ！　羽根ペンさん！　羽根ペンさんもアラーニェの糸にかからないのよね？」

いかにもというようにペンがうなずく。しかし、突然ぴんと真っ直ぐになると、外を指し、カトリーヌの全身を上から下まで指し、最後には「だめだ」というように羽根を左右に振った。

「ああ、私と大きさが違いすぎるからダメって言いたいのね。大丈夫、私はここで待っているから、誰かを呼んできてくれないかしら。緊急なの！　お願い！」

初めは渋っていた羽根ペンだが、最後には扉の外へと飛んで呼びに行ってくれた。そしてすぐに、チェリーを一人連れてきてくれたのだ。もっとも連れてきたというより、羽根にくすぐられて逃げるチェリーを、カトリーヌの部屋の前にまで誘導したという風だったけれど。

そうして、チェリーを抱えて、一緒に大広間へと向かったのだった。


「大変大変、たいへんだよー！」

主塔の天守にある王子の自室に、一人のチェリーが飛び込んできた。カトリーヌが大広間へと向かってから、しばらく経った後のことだった。

「む。どうした？　チェリーが一人で来るとは珍しい」

「大変だよーカトリーヌさまが大変なのー！」

チェリーが泣き出しそうな声で言う。

そこに、他のチェリーたちも次々に集まってきた。最初のチェリーに同調しているのか、みんな不安げな顔をしていた。

「カトリーヌがどうしたというのだ！」

「アラーニェの赤ちゃんがねー」

「大広間にね、カトリーヌさまが椅子に乗ってねー」

「シャンデリアがぐらぐらしてねー」

「助けなきゃってー」

記憶を共有しているチェリーたちが興奮して口々に言うものだから、要領を得ない。

「とにかく、大広間なんだな？　すぐに向かう！」

焦(じ)れた王子が、そう叫んで部屋を飛び出した。後ろを、チェリーたちが押し合いへし合いしながら追いかけていく。王子の部屋から大広間のある二階へと、フェリクス王子は階段を駆け下りていく。

「フェリクス様なにしてるんすか？」

いつの間にかサージウスが後ろについて走っていた。

「知らん！　だがカトリーヌが大広間で大変なことになっているらしい！　アラーニェの赤ん坊がどうとかも聞いたが、チェリーたちの話ではよく分からん」

「へ？　アラーニェの坊やとカトリーヌ様が？　俺ちょうど今、アラーニェの坊やを探せって言いつかってんですよ！　大広間ならとっくに探したけどなあ。あ！　アマデウス将軍だ。しょうぐーん！」

「うぉい！　王子殿なにをされておりますかぁ！　我もお供つかまつりますぞぉ！」

サージウスが手を振る先には、曲がり角から現れたアマデウス将軍がいた。将軍の声は相変わらず雷鳴のように大きい。

「勝手にしろ！」

走りながらどんどんと膨れていく集団に向けて、王子はやけくそで声を張り上げた。

一同は連なって大広間へと突入する。

「カトリーヌ！」

転がり込むように大広間に足を踏み入れた一団。その先頭に立つ王子が、悲鳴に近い声を上げた。

「フェリクス様！　ちょうどよかった！　シャンデリアに、アラーニェの赤ちゃんがぶら下がってるんです！　おくるみの糸がほどけて、引っかかったみたいで！」

架台を運び、その上に椅子を載せた不安定な足場に立つカトリーヌが、頭上のシャンデリアを見上げて言った。手にはホウキを握っている。

カトリーヌがホウキの柄を伸ばす先には、赤ん坊がシャンデリアにぶら下がっていた。

織り込まれたスパイダーシルクのお腹のところが輪になっている。元はおくるみだったものなので、ほかの部分はほどけてしまったのだろう。そのほどけた糸がシャンデリアに絡んでいたのだ。

キイキイと泣く赤ん坊が手足を動かすと、糸がくるくるとねじれ、宙吊りのまま回転する。赤ん坊を吊り下げている細い糸は頼りなく、今にも落下しそうだ。

赤ん坊は天使のように可愛らしい顔で笑っている。しかし手足は短く、また、生え方も本数も蜘蛛のそれだ。八本の手足が体の脇から生えていた。

「一刻を争うんです！　……わっ、ととと」

カトリーヌがホウキをシャンデリアに向けて伸ばすと、足元の台がぐらぐらと揺れる。

「ヒュッ」と王子が、喉から息を漏らす。

「ひぇ」「なんと！」「いやー！」

背後の面々が思い思いの悲鳴を上げるなか、王子はカトリーヌのもとに駆けていった。台に到着すると、王子はしがみつくようにして椅子を支える。

「分かったから降りてくれ！　椅子を押さえておくから慎重にだ！　後は僕たちがやるから！」

王子の叫びには、切実な焦りと苛立ちが表れていた。

「あと少しなので、椅子を押さえていてくれれば大丈夫です！　いつ糸が切れるか分からないんですよ!?　さっきから何度か、ブチブチって嫌な音がしてるんです」

カトリーヌも譲らない。

彼女が見たのは、シャンデリアから落下して大怪我を負う赤ん坊のイメージと、アラーニェと王妃が涙を流す光景だった。絶対に、あんな悲しみを現実になんかしてはいけない。その思いがカトリーヌを頑固にしていた。

それに、赤ん坊が痛いとか苦しい思いをするなんて、耐えられない。

「おちちゃうの？　大変だよー！」

「どーする？　アタシたちで受け止めるー？」

集まってきたチェリーたちが口々に騒ぐ。

「頼むから降りてこい！　カトリーヌ！」

王子の悲痛な叫びが響く。

「俺らに任せてくれたらいいんですよ！」

「カトリーヌ殿ぉ！　無茶をするなぁ！」

サージウスとアマデウス将軍も、ぐらつく架台と椅子を押さえながら言う。

でも、もう柄が届きそうなのだ。赤ん坊の胴に回っているシルクの織物にホウキの柄を引っ掛ければ、赤ん坊をこちらに引き寄せてキャッチ出来るはずだ。冷静さを失っているカトリーヌの頭に、他の策は入ってこない。

（もうちょっと……！）

つま先立ちになったカトリーヌがバランスを崩した。

「あ」とどこか間の抜けた声を発して、カトリーヌは転げ落ちた。咄嗟に椅子から手を離した王子が、カトリーヌを全身で受け止める。

ガツン！

鈍い音が響く。倒れざまに床に背中を打ち付けながらも、王子はカトリーヌを抱き留めて守ることが出来た。

「怪我はないか？　体をどこか打ったりは？」

カトリーヌの下敷きになったまま王子が訊ねる。しかし、カトリーヌはすぐさま立ち上がってシャンデリアを見上げた。

「あ、赤ちゃんを……赤ちゃんを早く助けないといけないんです……ごめんなさい、先に赤ちゃんを……」

今までのカトリーヌなら、背中を打った王子の心配を真っ先にするはずだ。それなのに熱にうかされたように繰り返すのは赤ちゃんの救出のことばかり。一瞬みんながおかしな顔をして、カトリーヌを見た。

一人違った反応を返したのは王子だ。「分かった」と言って立ち上がると、張りのある声で集まった者たちに告げる。

「チェリーたち、上に向かって連なって、蔓を絡ませ合い、はしごを作ってくれ。僕が登ってあの子を助けよう」

「王子殿ぉ！　危ないです、我におまかせをぉ！」

アマデウス将軍の声で、びりびりと空気が震える。

赤ん坊を吊るす糸も震える。全員が一斉に口に指を当てて、しぃー！　と将軍を睨みつける。

「将軍では重すぎて、チェリーが耐えられないだろう。サージウスも甲冑が重い。僕が一番軽いんだ」

きっぱりとそう言い切った王子は、チェリーたちにはしごのようなものを作らせた。

チェリーたちの脚の蔓は一本では細いものだ。しかし絡ませ合えば強度は高くなる。王子は短く息を吐いてから、蔓に足をかけて登り始めた。

蔓に登ったフェリクス王子が、吊るされた赤ん坊に向かって手を伸ばす。

キャキ！　キキキャ！　と赤ん坊が興奮するので、糸がくるくると回る。あともう少し、というところで、また赤ん坊が動く。

皆がヒヤヒヤと見つめるなか、糸がとうとう、切れた。

大広間中から悲鳴が上がる。

落ちてくる赤ん坊を受け止めるため、王子は蔓から両手を離した。

空中で赤ん坊を掴んで胸に抱き寄せた王子が、落下する。

「フェリクス様っ！」

落下していく姿を見たくないのに、カトリーヌの視線は縫い付けられたように王子を追う。空中で体を反転させる王子が、スローモーションのように、やけにはっきりと見える。

赤ん坊を守るように抱きしめたまま落下した王子は、しかし、その下で待ち構えていたアマデウス将軍の太い腕に収まった。

カトリーヌは恐ろしさに腰を抜かしてしまっていた。

呆然としていたところに、遅れて人心地を取りかえす。

「フェリクスさ……」

「ぬぅぅ、王子殿、無事であられるかぁ！」

カトリーヌが絞り出した声は、将軍の声にかき消された。

「大丈夫だ。だが、少し耳にダメージを負った」

将軍の腕から抜け出して、王子が顔をしかめる。

「なんとぉ！　ぶつけられましたか！」

「煩いのだ、将軍。あなたの声が」

「ギキィィイイイィィ！！！！！」

王子の答えに、火のついたような赤ん坊の泣き声が被さった。

「おお、おお、どうされた赤子殿。王子殿の抱き方がお気に召しませんでしたかな」

小声で言った将軍が王子の腕から赤子を取り上げる。

「将軍の声に驚いたのだろう」

というフェリクス王子の抗議は、赤ん坊をあやす将軍の声と、キャッキャとした笑い声に変わった赤ん坊を前に無視された。

納得いかぬという顔をしながらも、将軍の腕の中の赤ん坊を見つめる王子の眼差しに、やっと安堵の色が浮かんだ。

なんとか立ち上がったカトリーヌが、王子に駆け寄る。

「フェリクス様！　ありがとうございますっ！　お体は大丈夫ですか？　怪我は？　ああっ！　先

ほど打った背中は？　頭はぶつけていませんか？　すみません、私が落ちたせいで」

王子の胸に飛び込み、一気に感情を爆発させた。

「ずるーいアタシたちにもギューしてー」

「がんばったよー」

「アタシすごい踏まれたよー」

「アタシの蔓、まだ絡まってるたすけてー」

まだほどけきれていないチェリーたちが、塊のまま寄ってくる。それをサージウスがしっしっと払い、「お邪魔したらあとで怒られるぜ」と軽口を叩いた。

「よかった、フェリクス様が怪我をされたら、私どうしたらいいか……！」

「無事なのだから、そんなに泣きそうな顔をするな」

「でも、でも私のせいで」

「良い。君が知らせてくれたお陰で、悲劇を避けられた。赤ん坊の声が聞こえたのか？」

カトリーヌの頬を手で覆い、優しく訊ねる。

「あ、それなんですけど……」

カトリーヌがそう言いかけたときだった。

「ギィイイイ――――」

耳をつんざくような鳴き声が聞こえてきた。

全員が振り向いた先、大広間の入り口には大きな蜘蛛女（くも）のモンスター、アラーニェが居た。頭と胴は女のそれだが、胴から生えているのは八本の蜘蛛の脚だ。顔立ちは整っているものの、今や怒りで人相が変わっている。目は血走り、真っ赤な白目がその場の全員を睨みつけていた。

「ガギィィィ――――――！　ピィ――――――ギャ――‼」

アラーニェの口から、鳴き声と共に糸が紡ぎ出される。

白く透ける糸は四方に広がり、天井に、壁に、床にとくっついて、あっという間にカトリーヌたちを閉じ込めるような陣を作り出す。糸自体が意思を持っているかのように、自在に糸を操っていた。

「キィン！」

将軍の腕に抱かれた赤ん坊が共鳴（きょうめい）するように鳴いて、アラーニェの血走った目が赤ん坊に注がれた。

「おぉ、まずいぞぉ！　アラーニェが怒っておる！」

「『あんたたちっ、あたしの坊やになにしてんのよっ』みたいな感じすね」

「なんでそんなに呑気（のんき）なんですかっ。アマデウス将軍、サージウスさん、赤ん坊を私に！」

誤解を解いて、赤ん坊をアラーニェに返さなくては。カトリーヌは将軍の腕の中の赤ん坊を受け取ると、急ぎ足でアラーニェのもとへと向かおうとした。

「カトリーヌ！　危ない！　……ぐぅ……っ」

王子が、カトリーヌの前に出て、アラーニェに背を向ける形でカトリーヌと赤ん坊を抱きしめる。

その声は、苦しげなうめき声に変わった。

「フェリクス様？　なにが……」

驚いて顔を出そうとしたカトリーヌだが、抱え込むようにして頭を押さえつけられた。

「動くな。アラーニェの攻撃用の糸だ。普段城に張っているものとは違い、切れ味がさらに鋭い。そして、攻撃用に吐かれた糸は、仲間も敵も関係なく傷つける」

「あれ？　完全に理性を失ってやがりますね、ヤバイな」

王子の言葉に続いて、サージウスの声が聞こえる。今度は、いつもの飄々（ひょうひょう）とした雰囲気がない。

かすかに血の臭いがする。頭を押さえつけられた体勢のまま床を見れば、そこには王子から垂れた血が落ちていた。

目だけで周囲を探る。いつの間にか、すっかりアラーニェの糸が作る結界の中にいた。

王子が止めてくれなかったら、今頃細切れになっていたかもしれない。そして、自分を止めるために王子は怪我を負った。

恐ろしさと申し訳なさ。カトリーヌは冷たい汗を流しながら、全身を震えさせる。その間にも、アラーニェ親子は甲高い鳴き声で互いを呼び合っていた。

――怖い。

――怖い。

――でも。

「アラーニェさん！　聞いてください！　私たち、赤ちゃんを助けていただけなの！」

「ギィィ――――！！！」

「怒らないで、今出した糸を解いてください！　この子まで傷ついてしまうから！」

「ギャギィ――――――――！！！！」

（だめだわ。とても通じる気がしない）

困り果てたそのとき、カトリーヌの腕の中の赤ん坊が、「キィ！」と短く鳴いて腕から飛び出した。

小さな蜘蛛というものは、よく跳ねる。エリン王城でのカトリーヌの居室に居着いていた友達、小さな蜘蛛を思い出した。

八本脚の赤ん坊が跳ねて、母親のもとに向かおうとする。

「キュキィ。キュゥ」

甘えた声を出して――。

「ギィーィ！　ギュイ！　ガギ！」

アラーニェも赤ん坊を呼んで――。

「だめ！　行ったらだめ！」

八本の脚でぴょんぴょんよちよちと進む赤ん坊の前に、光るものがある。糸だ。

そのときのカトリーヌに、恐れはなかった。考えるよりも先に体が動いていた。

何のためらいもなく飛び出すカトリーヌを、フェリクス王子は止められなかった。

赤ん坊に手を伸ばす。

カトリーヌの袖が裂けた。

頬に熱い痛みが走る。

ふわふわとゆれるハニーブロンドの髪が、糸に切られて舞い落ちる。

赤ん坊の顔が、今まさに糸に触れようとした瞬間、アラーニェの悲痛な鳴き声が聞こえた。

（間に合って……っ！）

カトリーヌがさらに手を伸ばすと、腕の皮膚が切れた。鋭い痛みが襲ってくるが、構わず赤ん坊を抱きしめる。

赤ん坊は、糸に触れずに済んだ。

ずたずたに破れた袖、血の滲む腕、ほつれた髪。それだけの犠牲で赤ん坊が助かったのなら、良かった。そうカトリーヌは安堵した。

「ギ、キィ……？」

戸惑うようなアラーニェの声。

ふと、周りの空気が変わるのを感じた。

まさに張り詰めた糸のようだった空気が、ふわりとほどけるような感覚を、肌に覚える。

薄目を開けると、アラーニェが眉を下げて傷だらけのカトリーヌを見つめているのが見えた。冷静さを取り戻したのか、目の色も元に戻っている。

「キィ、キュゥイ！」

「ギィー！　ギャッ！　ギャッ！」

赤ん坊が甘える声を出し、アラーニェが優しく鳴き声を返す。

アラーニェの表情は母性にあふれていて、天使のように美しい。先ほどまでの鬼の形相が嘘のようだった。

アラーニェが自身が吐き出した糸を吸い込んでいく。シュルシュルと巻き取られて美女の唇に戻っていく糸は、不思議に官能を感じさせる光景だ。

危険な糸がなくなったことを確認したカトリーヌは、赤ん坊を放してあげた。母のもとに一直線に飛んでいく赤ん坊蜘蛛は、元気いっぱいだ。母蜘蛛の腹に乗って甘える姿を見て、カトリーヌはホッと息を吐いた。

(恐ろしい光景が、本当のものにならなくて良かった)

思い出すだけで心が痛む、悲しみのイメージ。しかし。その不幸は避けられた。

そのとき、大広間に濃厚な花の香りが広がった。

「なんという騒ぎなの？　あらやだ！　怪我をしているじゃないカトリーヌちゃん！」

そう言いながら大広間に入ってきたのは、カーラ王妃だ。

「ああ！　アラーニェの坊やが見つかったのね！　それで、一体何があったの？」

「それについては、僕から説明します」

フェリクス王子がカーラ王妃の前に歩み出た。彼の服にも血が滲んでいる。カーラ王妃の下半身から伸びる蔓たちがざわついていたが、王妃は冷静さを保っていた。

「――というわけで、カトリーヌがこの赤ん坊を助けたのです」

カトリーヌの肩を支えながら、フェリクス王子が語りを終えた。

説明を聞きながら、驚いたり考え込んだりと、忙しく反応していたカーラ王妃は、ついには王子とカトリーヌをまとめて蔓で包んで撫でた。蔓に生えた蕾が見る間に膨らみ、赤い小さな花がどんどんと開いていく。

「まあまあまあ！　ありがとうカトリーヌちゃん！　坊やを探していたというのはね、実は、おくるみがほどけて、いつの間にか動いてどこかに行ってしまっていたの。おくるみがほどけるというのは、歩けるようになったという合図なのだけれど、そのときに目を離していると事故が起こることもあって……本当に心配していたの」

カトリーヌを抱きしめる王妃の蔓が、小さく震えた。

「……私とアラーニェが目を離していたからよ。アラーニェの坊やになにかあったら、彼女はどれだけ後悔したでしょう。ありがとうカトリーヌちゃん」

王妃が涙を滲ませながら言った。王妃の後ろで、アラーニェもうんうんと頭を動かしている。

「そんな、私はなにもしていないです。ただ、なぜか見えただけなんです。それで、夢中で大広間に来て、でも一人では無理で……赤ちゃんを助けられたのは、皆さんのお陰です。お礼は私から皆さんに伝えたいくらいなんです」

カトリーヌはそう言うと、振り向いて大広間に揃う面々を眺める。はしごになってくれたチェリーたち、赤ん坊と王子を受け止めてくれたアマデウス将軍、サージウス……はあまり活躍の場がなかったけれど。

そして何より、赤ん坊を助けるために高いところまで登ってくれた、フェリクス王子。

「皆さん、本当に、ありがとうございました！　私が勝手に動いていたから、さらに余計なご心配までおかけして、すみませんでした！」

深く頭を下げてカトリーヌが言うと、王子が、労(いたわ)るように肩を抱いてくれた。それから、血の滲むカトリーヌの腕に触れて眉根(まゆね)を寄せた。

「治癒(ヒール)は使えないのだが、冷やすことくらいは出来る」

「すごいですね」

「母君は魔力に優れているからな、遺伝のお陰だ。僕が受け継いだ能力は、少し水の気を操る力と、あと……まあ、今はいい」

王子が一瞬、傷ついたような顔を見せる。気になるけれど、きっと今踏み込むことじゃない、とカトリーヌは黙って聞いていた。

カトリーヌの傷を撫でる指先から、冷たい気が送られてくる。傷の熱が痛みと一緒に奪われていき、気持ちがいい。

自然と瞼(まぶた)が下り、腕の力が抜け、肩と腰が重くなり、疲労が脚に伝わって——。

（あれ、私……）

「カトリーヌ⁉　カトリーヌ‼」

膝から崩れ落ちそうになったところを、王子に支えられた。

「サージウス！　今すぐ赤の騎士を呼べ！　チェリーたちは水とタオルを用意しろ！　僕はカトリーヌを部屋に運ぶ！」

王子の声が頭に響いて眩暈がする。カトリーヌが、大丈夫です、と言おうとしたときだ。体がふわりと持ち上げられた。一瞬、何が起こったのか分からなかった。王子の腕の中で、横抱きにされていると気づいたときには、もう王子は広間を飛び出していた。

「ギィ、ギギ……」

「ええ、フェリクスに任せておけば心配ないわ。血を失ったのと、力を使った疲れもあるのでしょう。ゴーシュにすぐに指示を出さなくてはね。行きましょう」

アラーニェの不安げな鳴き声と、それに答えるカーラ王妃の声が、遠くから聞こえてきた。

（力……？　やっぱり、私、なにかしらの力を使ったのかしら。それに、なんで、料理長の名前が出たの？）

そこまで考えたところで、カトリーヌは体に起きつつある異変に気づいた。

今日二度目の感覚。それは……。

（ウソ！　ウソでしょ！　お腹が猛烈に空いてきてる！　だめだめだめ！　今お腹が鳴ったら絶対だめ！）

「フェリクス様！　も、もう大丈夫です！　下ろしてください！」

急に暴れ出したカトリーヌに、フェリクスは不思議な顔をしつつ、抱きしめる腕に力を込めた。

「暴れないでくれ。君はさっき、倒れかけたんだぞ」

「でも、とにかく今はだめなんです！　お願いだから下ろして！」

「そんな話、聞けるわけがないだろう」

ジタバタと暴れるカトリーヌと、さらに強く抱きしめる王子。何だ何だ、とみんなの注目が集まる。

（もうヤダ！　もしかして毎回こうなるの⁉）

カトリーヌが諦めて顔を両手で覆ったのと同時に、
ぐぅううぅぅ――――！

というお腹の音が、大広間の高い高い天井にまで届いたのだった。

結局、お腹を鳴らしながら王子に抱えられて、自分の部屋のベッドまで運ばれることになった。

顔を覆っていたので、道中の王子の表情は見ていない。恥ずかしいやら、お腹が空いたやら、体が痛いやらでもうわけが分からない。

そうしているうちに、柔らかなベッドに横たえられ、体の上を渡すようにベッドトレイが置かれる気配がする。それでもまだ目を瞑って現実逃避をしていると、チェリーの足音とともに、旨味を煮詰めたような独特の香りが漂ってくる。

濃厚な香りが鼻をくすぐり、瞼のうらに赤黒いスープが浮かぶ。ヒュドラーの生き血のスープだ。

空腹の限界を迎えたところに、大好物のスープの香り。

思わずカトリーヌは目を開けて、体を起こした。背中にそっと、大きな手のひらが当てられる。

「急に起き上がるな。血を失ったばかりだろう」

目の前に王子の顔がある。気遣わしげな表情のなかに、カトリーヌが心配するような感情――呆れや落胆は見当たらなかった。

「あ、あの、あの、私。あのお腹の音は違うんです。普段はあんな風じゃないんですっ！」

一息に言うカトリーヌの額を、王子が優しく撫でる。

「分かっている。君は何らかの鋭い直感力を持っているようだ。詳細は分からないが……力は力。体力も使うし、腹が減ることもあるだろう。それに、」

言葉を区切って、フェリクス王子はカトリーヌの耳に口を寄せた。

「君のお腹の音もくしゃみの音も、全部が愛しくてたまらない、と言って信じてもらえるだろうか？」

「フェリクス様……？」

嬉しく思うべきなのだろうか、と困ったカトリーヌの目に、ベッドトレイに載せられたスープ皿とパンが目に入った。

極限の空腹状態で、目の前には大好物のスープがある。つい、手がスプーンに伸びる。スプーンを掴んだところで、カトリーヌの手を王子が捕まえる。

「えっ⁉」

「そう警戒するな。なにもスープを食べるなとも言わないし、今日に限っては、一杯までだとも言わない」

「じゃあ、どういうことです？」

困惑するカトリーヌの手から、王子がスプーンを抜き取って言う。

「君は腕を怪我しているんだ。手当てを進めながら、体力も回復してもらう。つまり、僕が君の手になろう」

王子はすました顔をしているけれど、口の端だけが面白そうに上がっている。

「それって、ちょっと恥ずかしいような」

とカトリーヌが言いかけたところで、目の前にスープを掬ったスプーンが差し出された。反射的に口を開けて、スープを口に運んでもらう。ミルクを飲ませてもらう子猫のように。

（お、お、美味しい‼　いつもは一杯までって言われてるけど、今日はおかわりし放題ってことだよね！　お腹の音を聞かれたのはショックだけど、ちょっとだけ救われたかも……）

美味しさに負けて『あ～ん』の恥ずかしさもどこかに行ってしまった。

どんどんと口に運んでもらいながら、スープの味にとろける心地になる。

腕の傷は、チェリーたちが水に濡らしたタオルで清めてくれる。痛みにときどき顔をしかめたくなるけれど、次の瞬間には口の中の幸福感で笑顔に戻る。

「カトリーヌ、君に一つ伝えたいことがある」

スプーンを差し出す手を休めず、王子が言った。

「ふぁんふぇしょう？」

「ふふ、君の口は食べることに集中していていい。……君の直感力について、君は無自覚だった。

エリン王国にいた頃に、同じようなことはなかったのか?」

カトリーヌは無言でうなずきを返した。

「ふむ。そうだろうな、エリンの国王は好戦的だ。戦争に役立つような力を持つ人間を、国外に出したりなどしないだろう……となると、なぜ今、その直感力が発現したのかが疑問だ」

ぶつぶつと呟きながら思考を進める王子。その手は一定のテンポでカトリーヌの口にスープを運んでいる。

カトリーヌもそのテンポに合わせて、どんどんとスープをお腹に収めていく。

部屋にはチェリーたちしか居ないし、気にせず食べさせてもらおう。そう思い始めた矢先だ。

「はいはいは～い! いい雰囲気のところ失礼しますよ。赤の騎士を連れてきましたよ～!」

陽気なノック三回に、返事も待たずに入室してきたサージウスが声を上げた。

「む、サージウス。やっと来たか」

「ベッドの反対側を失礼しますよっと」

足音も軽く歩いてくるサージウスの後ろに、赤い鎧の騎士が居た。

頭は全面兜。手足も全て鎧で覆われ、体が露出している部分はない。それだけならサージウスと変わらないが、歩き方がぎこちない。足音が、ガチャリ、ガチャリ、と不気味に響いた。

さらに近づくと、鎧の中から虫の羽音のようなものが絶えず響いているのが分かった。

赤の騎士は、サージウスとともにカトリーヌのベッドサイドに立った。

「あ、赤の騎士さん、お世話になります。お名前をうかがっても良いですか?」

カトリーヌはなんとか笑顔を作って、不気味な赤の騎士に語りかけた。だが騎士の兜の口元からは、ブブブと耳障りな音がするだけだ。

「すみませんね〜。こいつ、名前ないんです。治療蜂たちが意思を持って甲冑(かっちゅう)の中に居るだけなんで」

「治療、蜂……?」

「あれ、ご存知なかったですか? ヒト族の間でも、金持ちの間では重宝されているようですがね。これだけ沢山使役しているのはなかなかないですよ」

サージウスが自慢げに赤の騎士の肩を抱くと、ぎこちなく動いた赤い鎧の脇の隙間から無数の蜂が重なり合っている様子が見えた。ぞっとする光景に、カトリーヌは小さく悲鳴を漏らす。あの鎧の中に、びっしりと蜂が詰まっているというのだろうか。

赤の騎士の手がカトリーヌに伸ばされる。金属の籠手(こて)の隙間から、光る羽根が見えてカトリーヌの全身に鳥肌が立った。

赤の騎士は納得したようにうなずくと、鉄靴を脱ぎだした。靴の中に蜂の姿が見える。見えない膜に阻まれているかのように、蜂は靴にとどまっていた。

「ちょっと腕みせてー」

「しみるから我慢だよー」

チェリーたちはそれぞれの手に、包帯、水、それから茶色いネバネバとした液体の入った瓶を持っていた。

瓶を持つチェリーの横に視線をずらすと、赤の騎士が片足でフラフラと立っている。すね当ての先の空っぽの足首の部分から、茶色い液体が床に垂れている。

「この薬、染みになるんだから、すぐに靴履かないとダメだって！」

慌てた様子で言いながら床に膝をついたサージウスが、赤の騎士に鉄靴を履かせようと奮闘する。

「カトリーヌがせっかく綺麗にしている部屋だ、拭いておくように」

「はいはい。王子の消毒は、この拭き取った布についた分でいいすか？」

「良いわけないだろう」

カーペットに染み込む茶色い蜜をタオルで拭いたサージウスは、フェリクス王子の方を向いて軽口を叩き、王子はそれをあしらう。

そのとき、二人のやり取りを見つめていたカトリーヌの腕が、チェリーによって持ち上げられた。

先ほど清めた傷口に、茶色い液体が塗られる。消毒液のようなツンとした匂いがあるが、水ほどは染みなかった。塗られた端から傷口がほんのりと温まり、肌が蘇っていくのが分かる。

「包蜜だ。この傷ならば、半日ほどで消えるだろう」

「ふぁんにひで？」

次のひとさじをカトリーヌに差し出しながら、王子が教えてくれる。カトリーヌは素直にスープを飲みながら、驚きの声を上げた。

続いて、赤の騎士は金属製の籠手を外した。

籠手を外した肘当ての先には、当たり前だが何もない。いつの間にか赤の騎士の隣に立っていたサージウスが、肘の下に陶器製のカップを添える。黄金色の蜜が、カップの中に垂れ落ちた。

「チェリー！　お湯をこれに注いでくれ。あ！　混ぜるのは木のスプーンでよろしく！」

「治癒蜂の薬蜜は、金属を嫌う」

サージウスがチェリーに指示を出す横で、フェリクス王子が耳打ちして教えてくれた。

ほどなくして、チェリーたちによって運ばれてきたカップは、甘い香りを漂わせる薬蜜湯で満たされていた。

王子が、カップを口元で支えて飲ませてくれる。

味は普通のハチミツとほとんど変わらず、甘さのなかにかすかに草のような風味がある。美味しい、と正直に思った。やさしい甘さがじんわりと体に染み込んでいく。

と、チェリーたちが音もなく近寄ってきて、カトリーヌの手から飲み終えたカップを取り上げる。くんくん、とカップを嗅いだチェリーは、「もうなくなっちゃったのー？」と不満の声を上げた。

「こらっ！　カトリーヌ様のための薬蜜だっての！　つまみ食いはダメっ！」

「はあーい」

サージウスが叱る後ろで、今度は別のチェリーが悲鳴を上げる。

「うええ――！　にがいー！」

ピンク色のお下げをぴょこんと跳ねさせながら、一人のチェリーが飛び跳ねた。顔をしかめ、開いた口から覗く舌は茶色く染まっている。

「のどがひりひりするよー」

「なんだ、包蜜を舐めたのか？　あれは毒ではないが、食べるものでもない」

へっへっと犬のように舌を出すチェリーを見て、王子が呆れた声を出した。

「だってえ、アタシたちは蜜がだいすきなんだよー」

「花の精なんだからねー」

じりじりと赤の騎士を取り囲みながら、チェリーたちが反論する。

赤の騎士は羽音を立てながら、部屋から出ていった。

「チェリーが群がっちまうから、赤の騎士は城に待機させらんないんすよねえ」

サージウスが困ったように言うので、カトリーヌはおかしくなった。

「ふふ、それなら、今度はチェリーたちとお菓子パーティをしましょう。ハチミツたっぷりのおやつを用意したいわ」

「ほんとー？」

「カトリーヌさま、さいこーう！」

カトリーヌの言葉に、チェリーたちがはしゃいで跳ね回る。

「やれやれ、怪我が治ってからにしてくれよ。それと、」

王子がカトリーヌの頭にぽんと手を置いて言った。

「僕も交ぜてくれ」

「ええ、もちろん！」

カトリーヌが微笑んで答えた。

それから少し後のこと。

怪我を治したカトリーヌとフェリクス王子は、やっと落ち着いた夜を迎えた。

以来、王子は訪問のたびに、律儀にマダラ薔薇を持ってきてくれる。

あまりに足繁く通ってきてくれるもので、とうとう花瓶に花が入りきらなくなった。

「もうミノス王陛下の古い恋愛指南書の通りになさらなくても良いのでは？」

とカトリーヌが訴えると、王子も「指南書にはやめ時が書いてなくてな」と苦笑する。

「ふふ。花が萎れてきたら、私からおねだりさせていただきます」

カトリーヌはそう言って、傍らに立つ王子に身を寄せる。

咲き誇る薔薇の香りに包まれながら、幸せな時間が過ぎていった。

6章　お茶会しましょう

「アラーニェの糸を恐れないで行動出来るって、なんて素晴らしいのかしら！」

ここは主塔の入り口にある広間。メイド服にエプロンをかけ、頭に三角巾を巻いたカトリーヌが、ホウキを手に張り切っていた。

「ね、羽根ペンさんもそう思いませんか？」

広間の床を掃きながら、カトリーヌはエプロンのポケットに向かって話しかける。

ポケットから羽根をはみ出させたペンが、嫌そうに羽根を揺すった。

「喋れないって？　インクと紙はポケットに入らなかったんだから、仕方ないじゃないですか。毎日お部屋に籠もってたらダメだって言ったのは、羽根ペンさんですからね。今日は一緒にお掃除してもらいます」

カトリーヌに部屋に引きこもるなと言ったわりに、実は羽根ペンの方がよっぽど重度の引きこもりなのだ、ということに最近気づいた。カトリーヌが無理を言って誘わないと、部屋から出ようとしないのだから。

ほらほら、と言いながらカトリーヌがポケットを叩くと、羽根ペンはふらふらと飛んで出てきた。

いかにも嫌そうに窓に飛んでいくと、上の方の窓枠に溜まっていた埃を掃う。

落ちてきた埃を、カトリーヌが鼻歌まじりに集めていく。

赤ちゃんの救出の一件以来、アラーニェの仲間と認められたのは良かった。でも、カトリーヌが無茶をしすぎたせいで、はしごや台に乗っての作業は禁止されてしまった。

高いところの埃が気になって仕方ないのに、自分では掃除が出来なくなってしまったのだ。

禁止令を出したのはもちろん王子で、随分心配性だなあと思う。

(でも心配させたのは事実だものね……)

顔を上げて、そう思いを馳せようとしたカトリーヌの目に、不思議なものが映った。

窓の外、城の敷地内に沢山の回転草が集まっている。回転草とは、乾燥地帯において枯れ草が風によって集められ自然と球状になるものだ。乾燥していたエリン王国内では、場所によって見かけることはあった。でも湿潤なゼウトスに来てからは、見ていない。

それが沢山集まって、しかも。

「羊の鳴き声が、してる?」

回転草の群れから「メエー」という声がしきりにしているのだ。

さらに回転草たちは、風にそよぐというよりも自分の意思で動いているようにも見える。

窓の外をぽかんと見つめるカトリーヌの目の前に、羽根ペンが舞い降りてくる。鉤爪で手を引っ張られ、反射で手のひらを出す。するとそこに、爪の先でひっかくようにして文字を書かれた。

「え、なんですか?　ぐ?　ぐる……?　ふ、ふふっ!　くすぐったい!」

途中で笑いだしてしまったカトリーヌの頭を、羽根ペンがイライラした様子ではたく。

「手のひらに書かれても分かんないですよぅ！　何なんです？」

「悪食の回転草（グロスイーターウィード）だ。参ったな、言い忘れていた。この広間はすっかりきれいにしてしまったのか？」

背後からの声に振り向くと、困った顔をしたフェリクス王子が立っていた。

「あら、フェリクス様！　入り口に溜まっていた埃はすっかり掃いました。それに、羽根ペンさんのお陰で、窓の上の方まできれいに出来そうなんですよ！」

まだカトリーヌの頭の上に居た羽根ペンを掴（つか）んで、差し出して答える。羽根ペンは手の中でビチビチと跳ねて抵抗するけれど、カトリーヌは気にしない。

「それは良いのだが、困ったことになったな」

「へ？」

王子が顎（あご）に手を当てて、眉（まゆ）をひそめる。

意外な反応にカトリーヌが驚きを返したところで、広間の外から少女の声が響いてきた。

「ちょっとフェリ兄（にい）！　約束と違うよ！　埃が掃われちゃってる！」

声を聞いて、王子は額に手を当てて黙り込んでしまう。

「フ、フェリ兄？　ってフェリクス様のことですか？　約束って？」

わけが分からないままカトリーヌが入り口の方に目をやると、ギリギリ城内に入らない場所で、背の低い少女が仁王立ちしていた。

肩までの長さの赤っぽい巻き毛を垂らした少女の頭の上には、羊の角が生えている。

獣人だ、と一目で分かった。歳（とし）は、ヒト族でいうと十歳くらいに見える。

「ねえ、あたしはお城の中に入れないのに、なんでそのヒト族の女はお城に入れるの⁉　しかもホウキなんか持ってる！　ねえ、埃を掃ったのって、この人なの？　あたしの仕事の邪魔したいの⁉」

「落ち着きなさいミーチャ。この人はカトリーヌ。エリンから来てくれた僕の妻だよ。ちょっと誤解があったんだ」

「エリンから⁉」

　エリンと聞いて、ミーチャと呼ばれた少女がきっと目をつり上げた。

「悪食の草たちの餌を掃うなんて、わざとじゃないの⁉　エリン人が意地悪してるんだ！」

　頭から湯気が立ちそうなほど怒りながら、少女が足をじたばたと踏み鳴らす。すると、彼女の周りにメエメエと鳴き声を上げながら、悪食の回転草が集まってきた。

「大変！　なんとかウィードっていうのは、ただの草じゃないんですよね⁉　助けなきゃ！」

　悪食の回転草とやらに少女が食べられてしまうのではないか、と心配したカトリーヌが、ホウキを掲げて駆け出した。後ろで、フェリクス王子が慌てた声を上げる。

「止まれカトリーヌ！　不用意に近づくと……」

「へ？　なんです、か⁉　キャア！」

　カトリーヌが悲鳴を上げた。少女を囲む草の一つに向けてホウキを振り上げたところ、回転草に突進されて、あおむけに倒されてしまったのだ。そこに別の草たちが四方から寄ってきて、カトリーヌの上に覆いかぶさった。

「ちょっと！　髪の毛食べないで！　エプロン引っ張るのもダメ！　コラッ！　キャハハ！　ちょ、

くすぐった、い、ヒー！」

悪食の回転草はカトリーヌを食み始めた。牙はないので痛くはないが、乾いた草の表面には、産毛が生えているらしい。それがカトリーヌの表面を撫でていくのだから、くすぐったくてたまらない。

「ミーチャ！　やめさせてくれ！」

王子が叫ぶと、ミーチャがわざとらしくため息をついた。

「はあ。『ゲット・バック』！」

ミーチャが手を上げて指示を出すと、カトリーヌを囲んでいた草たちが、大人しく彼女のもとに戻っていく。後には、髪の毛もワンピースもくしゃくしゃにされたカトリーヌが残された。

「な、何なんですかこれ⁉」

「何なんですか、はこっちの言葉だよ、埃だらけのお嫁さん。草たちのおやつになった気分はどう？」

寝転がったままのカトリーヌを、ミーチャは腰に手を当てて見下ろしてくる。彼女の周りには、草たちが固まっていた。カトリーヌに群がったときとは大違いで、ミーチャに従っているのが分かる。

「災難だったな。悪食の回転草は埃を食べる。君についていた埃を舐められたんだ」

フェリクス王子が手を貸してくれて、カトリーヌはどうにか立ち上がった。

「埃を？　あ、だからさっき餌って言ってたんですね。……えっと、悪食の回転草というのは、あの女の子のお友達なんですか？」

「いや、ミーチャは草飼いだ。草たちを守りながら餌場まで連れていくのがミーチャの仕事だ」

「草……飼い？」

また知らない言葉だ。カトリーヌが戸惑っていると、ミーチャが馬鹿にしたように鼻で笑った。

「悪食の回転草も、草飼いも知らないの？　草を飼うのが草飼いだよ。あたしはフェリ兄に、お城の埃を取っておいてもらって、草たちの餌場にした。もちろんもらいっぱなしじゃないよ。お返しに、草が出すアルコールを納めてる。ちゃんと一人前なんだから！　なのに、今日はあんたが掃除しちゃった。まったく、何も知らないヒト族の女を、フェリ兄がお嫁さんにするなんて最悪」

「ミーチャ、言葉を慎みなさい。エリンから来たら、知らなくて当たり前だ。それに、彼女は君を助けようとして草に舐められたんだぞ」

「むう。でも、あたしのためにフェリ兄がためておいてくれた埃を、この女が掃ったことには変わりないでしょ。それに、王子様のお嫁さんが、埃まみれになって掃除するなんて変じゃない？　何か企んでるんじゃないの⁉」

「カトリーヌは少し変わったご令嬢なんだ」

「ちょっと、それどういう意味ですか」

ミーチャと王子は、随分と気安い仲らしい。本当の兄妹のような懐きようだ。

そして、そんなミーチャは、カトリーヌに敵意を向けていた。カトリーヌが掃除をしたことに加えて、エリンから来たヒト族だということも気に食わないらしい。

（元敵国だものね。小さい子からしたら、意地悪な人ばかりだと思うのかも。まずはちゃんとお話

しして、誤解をとかなくちゃ）

「ミーチャちゃん、だったよね。大切な埃を掃っちゃってごめんなさい。草飼いって羊飼いみたいなものなのね？　羊飼いにとって、自分の餌場はとっても大切だって聞いたことがあるわ」

ミーチャの視線に合わせるように、カトリーヌが膝を折って語りかける。

「そうよ。あたしの大事な餌場を掃除したおせっかいさん」

「うう、チクチク喋るなあ。で、ミーチャちゃんは随分と小さいのに羊飼い、じゃなくて草飼いをしているのね。とっても大変なお仕事だと思うけれど、お父さんのお手伝いとか？」

そう訊ねた瞬間、ミーチャは顔をくしゃくしゃにしてそっぽを向いてしまった。丸い頬が真っ赤に染まっている。潤んだ目から、涙をこらえているのが分かった。

無神経なことを言ってしまったのかもしれない、と気づいて、カトリーヌの息が詰まる。

エリンからゼウトスに来るまでに、たくさん見かけた孤児たちを思い出す。胸に泥が詰まったように、じっとりと重い気持ちになった。

「知らないっ！　よりによってヒト族の女と結婚するなんて、フェリ兄のバカッ！　もう別の餌場を探すからいい！」

そう叫ぶと、ミーチャは走っていってしまった。

彼女の後ろを草たちが追っていく。城門から出ていく群れを見つめて、カトリーヌは自分のうかつさに落ち込んでいた。

「フェリクス様、もしかしてミーチャちゃんって……」

「ああ、戦災孤児だ。もともと父親と二人暮らしだったのだが、エリンとの戦争で、父親を亡くしてしまった」

「やっぱり」

エリンに対する敵意の理由は、とても悲しく、根深いものだった。

「……私、お城の皆さんに優しくしてもらって忘れかけていました。エリン王国に——ヒト族に反感を持つ方は沢山居ますよね。ミーチャちゃんが怒るのも当然です」

ホウキを持ってしょんぼりと立ち尽くすカトリーヌの肩に、王子はそっと両手を添えた。

「大丈夫だ。君はその不幸を終わらせるために、嫁いできてくれたんだ。そのことは少しずつ、分かってもらえる。民にも」

「民の皆さんにも……。そうですよね！　お城の中だけじゃなくて、皆さんのためになることが出来たら、良いんですよね」

急に顔を上げたカトリーヌと、王子の鼻先が触れる。

「わ、すみません」

「い、いや、問題ない」

「…………」

「…………」

名実ともに夫婦になった二人だけれど、まだお互いに照れくささがある。

顔を赤くしたカトリーヌが逸らした目線の先で、羽根ペンが体をよじって悶えていた。

まるで『夫婦のイチャイチャなんて見たくねえ〜！』と叫んでいるかのようだ。

（こっちだって見せたくて見せてるわけじゃないんですけど！　羽根ペンさんって筆談がいらないくらい分かりやすいんだから……！）

そう思ったとき、唐突に視界がさあっと白くなる。

直感で、来る、と分かった。

力の存在をカトリーヌが認めたくなくても、未来の景色は前触れなしにやってくるようになっていた。アラーニェの赤ん坊の一件以降、その景色はどんどんと鮮明なものになっていく。

見るもの自体はお天気だったり、その日の夕食のおかずだったり、王子の訪問の予定だったり、どれも他愛のないものだった。アラーニェの赤ん坊の事件のような衝撃的な映像は、あれ以来見ていなかった。

しかし、今見えたのは少し困った光景だ。


それは、まず主塔の周りから始まった。

暮れきらない空、日差しは和らいでいる。夕方くらいだろうか。メエメエという悪食の回転草の鳴き声が遠くから聞こえ、群れが戻ってくる。その鳴き声はどこか力なく悲しげだ。

入り口に視点を移すと、髪を乱して全身を汚したミーチャが泣いていた。

アラーニェの糸にかからないように、王子がミーチャを抱えて塔の中に迎え入れる。

「どうした？」

そう王子が訊ねても、ミーチャは泣くばかりでなにも答えない。

カトリーヌがきれいにしてしまった広間で、ミーチャは泣き続けていた。

「……トリーヌ。カトリーヌ、どうした？」

頬を軽く叩かれて、カトリーヌはハッと我に返る。

今見た景色は、きっと今日の夕方頃に起こる未来だろう。

「あの、見たんです。夕方頃に、ミーチャちゃんが戻ってくるところを。ぼろぼろになって泣いていて、草たちも元気がありませんでした。もしかして、別の餌場を見つけられなかったんじゃないでしょうか。私のせいで……」

王子にそう伝えながら、カトリーヌの不安は大きくなっていく。

（すぐに見つかる餌場があるなら、山を登ってお城に通うなんて大変なことをしなくてもいいはず。きっとほかに餌場なんてないんだわ。それなのに、私が掃除してしまった……）

ミーチャの泣き顔を思い出して、カトリーヌは心を痛めた。

そんなカトリーヌの肩を、王子はそっと抱いた。

「いや、僕が君に伝え忘れていたのがいけないんだ。落ち込まないでくれ。まずは城の中に入って、落ち着こう」

そう言って、カトリーヌの手を引いてくれる。

「でも、ミーチャちゃんの仕事を邪魔してしまったのが、申し訳なくて……。すごく辛そうに泣いていました。フェリクス様！　餌場をほかに見つけてあげることは、出来ないんでしょうか？」

「うーん。僕も考えているのだが、埃が沢山ある場所というのは限られるからな」

悩まし気に王子が唸り、言葉を続ける。

「草飼いは、大きな施設や屋敷と契約するのが一番効率がいいんだ。それが出来ない草飼いは、何軒もの家と約束して、そこを周っていく。ミーチャの父親が死んだとき、父親の持っていた餌場は奪われてしまったんだ。それで困っていたミーチャに、僕が餌場を提供した。近くにはもうめぼしい餌場はなさそうだったからな」

草飼いの世界というのは厳しいらしい。

「そう、なんですね。でも、このまま何も出来ないのは嫌です。何とかして埃を集めてあげなくちゃ。お城中をひっくり返してでも」

「しかし、君が掃除をしていない場所など、この城内にあったかな？」

困った顔を見せる王子に、考え込むカトリーヌ。と、カトリーヌの目に、広間の隅に集めたままの埃が映った。

あの埃は、窓の上の方を羽根ペンが掃ってくれて落とした埃だ。

「上！　上です！　お城中のシャンデリアとか、窓とか、天井とか、棚の上とか、とにかく高いところの埃を集めましょう！」

「ふむ。君に高いところの掃除を禁じたお陰で、埃が残っているのか」

納得してうなずく王子の後ろで、そっと羽根ペンが離れていくのが見える。

カトリーヌはそれをすかさず捕まえると、「羽根ペンさんも、協力よろしくお願いしますね！」

と微笑んだ。

それからというもの、城じゅう総出で埃取りだった。

チェリーたちは蔓同士を絡ませて例のはしごを作り、一番上のチェリーが羽根ボウキで埃を掃う。

アマデウス将軍は頑丈な台に乗って天井の埃を掃う。ちなみに台を二つ踏み壊したところで、床を掃く係に移された。

サージウスが将軍に代わって台に乗り、天井の掃除にあたってくれる。

「腕を上にあげる動き、この鎧だと無理があるんすよ。軋んでしょうがないんですけど」と文句を言いながらもやってくれた。

恥ずかしがり屋のアラーニェは姿を見せないが、どこからともなく埃を運んできて、そっと置いていってくれる。

カーラ王妃は豊かな蔓が埃を蹴散らしてしまうので、参加出来ずに部屋でふてくされていた。

ミノス王もカーラ王妃に巻き込まれるかたちで、不参加だ。

「私だけ仲間外れなんて、絶対に嫌ですからね！　ミノスも付き合いなさい！」と蔓にからめ捕られて部屋に引き込まれていくのを見かけた。

そして高いところを禁止されたカトリーヌは、埃をひたすら掃いて集める係だ。城内をくまなく巡って、みんなが落としてくれた埃を集めていくのだ。

頭に巻いた三角巾も顔も埃まみれになったけれど、カトリーヌの表情は輝いている。そんな彼女を眩しそうに見つめる王子はというと、全体の監督を務めていた。

その王子が、そろそろチェリーたちが疲れる頃だろう、とカトリーヌに伝えに来た。

「あ、私ったらつい夢中になっちゃって。言い忘れてました！　もう休んでくださいって」

「うむ、チェリーに伝えよう」

「それから、『約束のお茶会、今日の夕方にやりましょう』とも伝えていただけますか？　お手伝いを頑張ってくれたから、甘いハチミツをあげなくちゃ」

「む、しかし、ミーチャが来るのだろう？　良いのか？」

「もちろん！　出来ればミーチャちゃんとも一緒にお茶したいなって思ってます。ゴーシュさんにはもう、おやつの用意をお願いしてあります！」

そう伝えると、王子は快くうなずいた。伝達に向かう王子を見送ったあと少しして、お城のあらゆる場所から、チェリーたちの歓声が聞こえてきたのだった。


「さ、あとはミーチャちゃんが来るのを待つだけね！」

甘いお菓子の香りが漂っていた。日は和らぎ、カトリーヌの見た光景通りだ。

主塔の入り口の広間には、みんなで集めた埃が積まれている。そこに、カトリーヌと王子の二人が立って、ミーチャを待っていた。

カトリーヌは掃除をしたときのメイド服姿で待とうとしたけれど、城のみんなに懇願されて、若草色のカジュアルな木綿のドレスに着替えている。一応、手にホウキを持つことは許してもらった。

「俺たちのカトリーヌ様に、埃を被(かぶ)ったご令嬢だったなんて噂(うわさ)が立ったら泣きますよ！」とはサージウスの言葉である。みんなが真顔で一斉にうなずいていたのが、カトリーヌには不思議だった。

「本当に来るのか？」

王子が訊ねる。

「来る、と思います。外に出て、待ってあげてください。きっと疲れてボロボロだから、抱きしめて連れてきてあげてくださいね。糸で怪我をしても可哀想ですし」

「うむ、君が言うならそうしよう」

そう言って王子が出ていったところで、外の空気がざわざわと動き始める。そして、メエメエという悲しげな鳴き声が遠くから近寄ってきた。塔を囲んで、鳴き声は大きくなって近づいてくる。

「来た……！」

カトリーヌはホウキを両手で掴み直すと、外に向けて埃を移動させていく。

出来るだけ埃が無駄にならないように、風のあたらない広間の中央に山を作って待っていたのだ。

サッサッサッと軽快に埃を移動させていく。入り口に差し掛かったところで、ミーチャを抱えた王子が入ってきた。

ミーチャは汚れていたし疲れ切った様子ではあったけれど、今は王子の腕の中で安心したように丸まっている。

「君の言う通りだった。すごく疲れているみたいだ」

「チェリーたちがお風呂を用意してくれています。そちらに案内してあげてください」

そうカトリーヌが答えると、ミーチャが薄く目を開いた。

「……勝手なこと言わないでよね。あたしは草たちに餌を探してやらないといけないんだから、お気楽なあんたみたいにお風呂なんか入っていられないの！」

噛みつくような視線を向けられたけれど、カトリーヌはウインクで返す。

「大丈夫！　埃をたくさん集めておいたから！　ほら！　これで草たちもお腹いっぱいにな……っくしゅん！」

ホウキを大げさに振ったものだから、鼻がむずむずしてしまった。

とはいえ、ミーチャはそれどころじゃない。埃の山を前に、目を丸くしていた。

「え、どうして、埃……集めて……？　あたしが来るのも分かってたみたいな……」

「それは後で、お茶をしながらゆっくりお話ししましょう！　まずは草たちに餌をあげないと！ってわわ！　スカートは食べないで！」

外に出たとたん、埃の山とカトリーヌに悪食の回転草が群がる。

「……へんなヒト族」

「ふふ、そうだろう。でも、素敵な人だ」

「フン！　なにそれ。今のフェリ兄、デレデレしててかっこわるい」

そんな会話を交わしながら、フェリクス王子とミーチャは奥へと進んでいった。

「はいっ！　と、いうわけで、楽しい楽しいお茶会ですよ。チェリーたちが大好きなハチミツたっぷりパンケーキに、クッキー。それから今日はちょっと特別なメニューもあります！」

カトリーヌの部屋。ミーチャにチェリー、王子が揃ってお茶会が開かれようとしていた。

ほかほかと湯気を立てているミーチャは、王子の子供の頃のシャツとハーフパンツを穿いて、少年のようになっている。

「この男の子だれー？」

ミーチャを指してチェリーが言う。ミーチャは咄嗟に目をつり上げた。

「男の子じゃないもん！　あたしの服を勝手に洗ったのはあなたたちじゃない！」

「えー、だって汚れてたもんねー」

「泥だらけの子と一緒におやつ食べられないもんねー」

チェリーに交ざって、王子が眉尻を下げて言う。

「すまない、こんな服しかなくて……」

「ち、ちがうの、フェリ兄の服は嬉し、えーと、嫌じゃない！　そう、嫌じゃないんだけど！　似合わないかなって……」

「いや、似合っているぞ。可愛いと思う」

フェリクス王子が真顔で言うと、ミーチャは顔を赤らめてもじもじとうつむいてしまった。

つんつん、とカトリーヌの肩をつつく者がいて、見ると、羽根ペンがメモを落としていった。

『ケーッ!!　王子の奴、初恋泥棒じゃねえか』

ということだ。

言われてみれば、王子に妹のように懐いているミーチャだが、それ以上の感情があるようにも見える。

（そうか、フェリクス様がお嫁さんを迎えたっていうのもムッとさせる原因だったのね。フェリクス様はミーチャちゃんの気持ちに気づかないのかしら？）

かといって、自分が何か出来るものでもないし、と考えていると、いつもの空腹感がやってきた。

そういえば、力を使った後だった。それに、ずっと床掃除をしていたので、余計にお腹が空いている。

「え、と。お茶！　お茶にしましょう！　ねっ！」

お腹を押さえて焦って宣言すると、カトリーヌは目の前のパンケーキを切り分けて口に運んだ。

と、そのとき。部屋に控えめなお腹の音が響いた。

きゅぅ～くるるる～

思わず自分の出した音かとお腹を見るカトリーヌだけれど、ちょうどパンケーキを収めたところなので、違ったようだ。それに、随分と音が小さくて可愛い気がする。

もしかして、と顔を上げると、ミーチャがお腹を押さえて睨んでいた。

「お、美味しそうに食べるから！　あんたのせいだからね！」

「ふふ、ごめんね。恥ずかしいことなんかないから、どうぞお菓子を食べて」

「そうだな。カトリーヌよりもだいぶ音は小さいぞ」

「フェリクス様？」

余計なことを言う王子を視線で黙らせると、カトリーヌは次の一口をほおばる。ミーチャが遠慮しないように。

チェリーも王子も、それぞれにお菓子に手を付け始める。

最後に、渋々といった様子でミーチャがお菓子に手を伸ばした。

「っ‼　美味しい！」

目を輝かせたミーチャが、どんどんと口にパンケーキを詰め込んでいく。喉を詰まらせるんじゃないかと心配するくらいの勢いだ。

「ミーチャちゃん、食べながら聞いてね。私は和睦――戦争を終わらせる国同士の約束のために、結婚しに来たの。ゼウトスとエリンが、仲直りしましょうってことなのよ。意地悪をしに来たのではないわ」

「ふぅん。モグ、それって、ムグ、人質ってこと？　フェリ兄と、ハムッ、ラブラブじゃないってこと？」

「ラブラ……！」

「ちがうよー。カトリーヌさまとフェリクスさまはラブラブだよー」

「ねー！　なかよしだよねー」

カトリーヌが言葉に詰まる横から、チェリーが顔を覗かせる。ついでにカトリーヌの前の皿のクッキーに手を伸ばすあたり、ちゃっかりしている。

「へー。つまんないの。でもヒト族の王女だから結婚出来ただけでしょ。それでぬくぬく暮らせて、良いご身分だね！」

「こら、ミーチャ。カトリーヌは違うぞ」

「いえ、良いんですフェリクス様」

王子がたしなめようとするのを、カトリーヌが手で制する。

「ミーチャちゃんのお仕事ってとっても立派だわ。草たちの出す純粋で質の良いアルコールのお陰で、お城はとっても助かっているわ？」

「そうだよ！　ヒト族を燃やす武器の原料にだってなってたんだから！　エリンをやっつけるために、あたしはたくさんアルコールを納めてきたの。フフン！　怖いでしょ！」

ミーチャが好戦的に笑うと、羊らしい横長の瞳孔がギラッと光った。

「ああ。武器の他に、火の魔法の威力を高める材料にも使われていたな。平和になった今は、ランプの燃料にするくらいだが」

王子の言葉に、ミーチャは傷ついたような顔をする。

「平和とか、つまんない。あたしみたいな子供でも、ヒト族をやっつけるために働けるから、草飼いの仕事に誇りを持ってたのに。今さら仲直りなんておかしいよ」

ミーチャが悔しそうに言うのを聞いて、王子は眉をひそめた。

「戦争が終わって良かったってみんなが言うから、あたし今まで何も言えなかった。でもあたしの気持ちはどうなるの？　パパのかたきを取りたいのに、急に平和になって……あたしの草たちが作るアルコールも、急につまんないものになっちゃった気がする」

ミーチャが鼻を赤くして、涙声で言った。しいん、とお茶会の席が静まり返る。

「アルコールって色んなことに使える魔法の水なのよ！　つまらないなんてとんでもないわ！」

カトリーヌの声が、沈黙を破る。

「ミーチャちゃん、このテーブルクロス、とってもきれいだと思わない？」

そう言って、カトリーヌがテーブルに敷かれたクロスを指した。

真っ白なクロスにはシミもくすみもない。

「確かにね。だからなに？」

洟（はな）をすすりながら、ミーチャがつんつんと答えた。

「これはね、アルコールで染み抜きしたクロスなの。ミーチャちゃんがお城に卸してくれていたアルコールを使ったのよ。お陰で、真っ白で気持ちの良いクロスが使えているわ……って、チェリー！　さっそくハチミツをこぼさないの！　……まあ、また洗えばいいけどね」

カトリーヌと白いクロスを順番に見て、ミーチャは難しい顔をする。

「あたしの草たちが生んだアルコールが、染み抜きに使われてるの？　あんた、バカにしてる？」

「とんでもない。真っ白なクロスがあると、お茶会のお菓子がますます美味しく感じられるわ。それでお城のみんなが、幸せになってるの。ミーチャちゃんのお陰で、みんなが喜んでいるのよ」

「うーん、でも、あたしのアルコールが、染み抜きって……もっと強くてかっこいいのが良いのに」

まだ納得がいかない、という顔でミーチャが腕を組む。

「カトリーヌ、あれを運ばせよう。あの美味しさを知ったら、ミーチャの考えも変わるかもしれないぞ」

横から王子の助けが入り、チェリーたちが動きだす。

ムスッとしているミーチャの前に、色々な道具が並べられていく。

テーブルに置かれた小型のアルコールストーブの上に、小さな鍋がセットされる。鍋の中には刻まれたチョコレートと生クリーム。指を入れてつまみ食いしようとするチェリーの手をはたいて、王子がストーブに火を入れる。

甘い匂いが広がる。さらに、果物やケーキのスポンジ、銀製の串などを載せた大皿が運ばれてくる。

色とりどりの果実に目を奪われるミーチャに、カトリーヌが声をかける。

「その串で好きな果物を刺して、溶けたチョコレートに浸けてみて。ほっぺたが落ちるくらい美味しいから！」

「ただのチョコレート浸けじゃないの」

そう文句を言いながらも、ミーチャは串に刺したイチゴを沈める。半分くらい沈めたところで引き上げて、湯気を立てるイチゴをふうふうと冷ます。チョコレートの香りに、ミーチャの小さな鼻がひくひく動いた。

「……いただきます」

素直にそう言って、一口で食べる。

瞬間、ぶわっとミーチャの巻き毛が逆立った。

「ひゃにこれえ！」

大声を上げたミーチャが、次々とケーキや果物を刺して、チョコレートに浸けていく。

「エリンにいたとき、城下の食堂のおばさんが考案したの。食堂ではチーズとパンで出すけど、チョコレートと果物でも美味しいよって」

「ふぅん、エリンも、やる、じゃない。ハフッ」

「でもね、戦争が続いていくうちに、そのメニューも出せなくなっちゃったの。純粋なアルコールが足りなくなっちゃって」

カトリーヌの言葉に、ミーチャの串の勢いが止まった。

上目遣いにカトリーヌの顔を覗く。

「……平和のお陰で、これが食べられるって言いたいの？」

「うん、そう思う。だから平和のために嫁いできて、良かったなって思ってるの。ゼウトスの皆さんにとって、私は憎いエリン王国の人間かもしれないけど、これから少しでも皆さんのためになることが出来たらなって思ってるの」

「そう。まあこれは、悪くないけど……」

ミーチャは、チョコレートの鍋をじっと見つめて答えた。

「ミーチャが戻ってきたときのために、城中の埃を集めようと言ったのも、カトリーヌだ。カトリーヌは、未来に起こることが分かるようでな、色々と、城の皆を助けてくれている」

「えっ！　未来が見えるってこと？　それって『先見の力』ってやつ？」

ミーチャが弾かれたように顔を上げて、カトリーヌを見た。

「先見の力？　ってなんですか？」

カトリーヌが王子に聞くと、彼は複雑な表情を浮かべた。

「いや、いいんだ。そこはまだ、確認していない。うん、その話は改めてしようと思っていたところだから」

「あー、先見はね、そうか。そうだよね」

王子の曖昧(あいまい)な反応に、ミーチャがなぜか納得している。

置いてけぼりにされたカトリーヌが首を傾(かし)げている間に、話は今日の大掃除の様子に移っていってしまった。お城の住人たちの様子を聞いて、ミーチャはおかしくてたまらないというように笑う。

やっと、少女らしい笑顔を見た気がした。


外が暗くなり始めた頃合いで、お茶会はおひらきになった。チェリーたちは、ぽやぽやとした顔で寝床に戻っていく。

王子がミーチャを家まで送ることになり、カトリーヌは主塔の入り口でそれを見送る。満腹になったらしい草たちが、のんびりと右に左にと転がっていた。

「もう、別に送ってくれなくてもいいのに！　草たちが守ってくれるんだから」

「まだ言っているのか？　ミーチャは小さいんだから、遠慮することはない」

王子の言葉に、ミーチャが小さく頰を膨らませた。

（わあ……、フェリクス様ってやっぱりちょっと鈍感なのかも）

言い争いながら遠ざかっていく二人を、カトリーヌは複雑な気持ちで見送った。

と、突然ミーチャが走ってカトリーヌのもとに戻ってきた。

「ね！　フェリ兄ってひどくない⁉」

こちらに来るなというように、戻ろうとするフェリクス王子に睨みを利かせながら、ミーチャが小声で言った。

「ひどいっていうのは、えーと、女心が分からないみたいなこと？」

「そう！　やっぱり見てたら分かるよね！　あたしのことずっと妹扱いのくせに、いっぱい甘やかしてきて、キュンとさせるの！　もう、フェリ兄なんかどうでもよくなっちゃった！」

早口にそう言うと、ミーチャは小さく息を吸った。そしてさらに早口になって言った。

「だからフェリ兄はあげる！　また餌やりに来るけど、あたしは暇じゃないから遊んであげられないよ！　どうしてもって言うなら、お茶会くらいなら付き合ってあげてもいいけどね！　それじゃね、カトリーヌお姉ちゃん！」

そう言い切ると、カトリーヌの返事も待たずに、フェリクスのもとへと駆けていった。

見上げると、薄明の空が広がっている。悪食の回転草が残した草の匂いに囲まれて、カトリーヌはいつの間にか微笑(ほほえ)んでいた。

穏やかな『ぽわん』が胸の中で響く。

最近は激しい『ぽわん』はなくなっている。だが、穏やかなそれが訪れるたびに体に力が満ちていくのを感じていた。

不思議な直感力が突然開花したことと、謎の『ぽわん』。さすがに無関係だとは思えなくなってきている。

この力は、この先どうなっていくのだろう。不安もあるけれど、今はミーチャの役に立てたことへの喜びが勝っていた。

(もっとゼウトスの方たちと関わりたいな。私の力で出来ることがあるなら、今日みたいに手伝いたい)

そうして、カトリーヌの関心の範囲は、城内からゼウトス全体へと広がっていった。

7章　バザールでお忍びデート

カトリーヌが魔王城に嫁いでから、初めての秋を迎え、暖かな冬を越えた。

その頃には、城での生活にも慣れてきていた。

ゼウトスの皆との関わりのなかで小さな『ぽわん』が訪れ続けている。そのたびに、少しずつ力が強まるのを感じていた。

見えるものの範囲はどんどんと広がっていった。距離的にも、時間的にも。

はじめはすぐ後に城内で起こることが見えていたが、今では、少し先に、城外で起こることが見えるようになっていた。そのお陰で、事故や火事など、領内の危機を偶然察知して進言することが出来るようになった。

望んだ通り、ゼウトス領内の民の役に立てることに、カトリーヌは幸せを感じていた。

もう一つ、カトリーヌの望みが叶(かな)っていた。

平和が続くことで、エリン王国とゼウトス王国の民の関係も良好になっていたのだ。

交易を目的とする商人の行き来から始まり、民衆も互いの国を訪れるようになっている。長く続いた戦争中には考えられなかった変化が、起こっていた。

そして、カトリーヌはゼウトス王国で初めての春を迎えた。

そんなある春の日のこと。カトリーヌはフェリクス王子に連れられて、城下で開かれたバザールに行った。

バザールでは行商人たちが敷布を広げ、エリン王国の品物を売っているという噂だ。

その話を知った王子が、カトリーヌを誘ってくれたのだ。カトリーヌの故郷のものを何か贈りたいし、行商人からエリン王国内の話も聞いてみたい、と。

初体験のバザールは、通りを歩くだけでカトリーヌの心を躍らせた。道の両脇には露店がびっしりと並んでいる。屋根付きの立派な屋台から、布を敷いただけの店までが揃っている。

屋台の屋根は様々な色の布が張られていた。並べられた生鮮品も、色鮮やかで新鮮だ。目に賑やかで、カトリーヌは忙しく周囲を見渡していた。

「あ！　見てくださいリック様！　また『朝採れ』って書いてありますよ！　お野菜も果物も、より美味しそうに見えますよね！」

「うむ。カティの言う通りだな。確かに『朝採れ』と聞くと美味そうに見える」

「ですよねえ！」

「ところでカティ……ふっ！」

「なに笑ってるんですかリック様……あは！」

二人は、仮名を呼び合いながら思わず噴き出してしまう。

お忍びでのデートのため、出かける前にお互いに仮名を付け合ったのだ。

変装のため、王子はキャスケット帽を目深に被り、カトリーヌは地味なワンピース姿でショールを巻いて髪を隠している。

「しかしこの店はエリンからの行商のようだ。エリンから来ているなら、今朝採れたものを並べるのは無理ではないか」

王子が呟くと、カトリーヌは、分かってないなあというように人差し指を立ててみせた。

「売りたいものには、『朝採れ』をつけてアピールするってことでしょう。うんうん、商売のコツなんでしょうね」

王子のキャスケット帽のつばを、その人差し指でつつきながらカトリーヌが言った。

「分かったようなことを……」

そう言って呆れる王子の前に出て、カトリーヌはバザールの通りを進む。

カトリーヌはショールをなびかせながら、踊るような足取りで通りの店を順に見ていった。

ショールは、アラーニェが吐いたスパイダーシルクで編まれたものだ。

赤ん坊の救出事件のあとしばらくして、そっと部屋に届けられていた。地味な色合いながら、近くで見るとなんとも言えない深い光沢がある。手触りも極上で、一部が肌に触れるだけでとろけるような心地がする。

「よく似合っているな、そのストール」

「こんなに高級なもの、なんだかもったいなくて落ち着かないですけど」

「アラーニェは恥ずかしがり屋だからな。精一杯の感謝なんだ、遠慮せず受け取るといい」

「アラーニェさんが感謝……なんだか、くすぐったいです」

「どこだ？　この首の後ろあたりか？」

「ちょっと、本当にくすぐるのやめてください！」

そうしてはしゃいでいると、道の向こうから大声で呼びかけられた。

「おーい！　そこのヒト族のお二人！　観光だろ？　お土産を見ていきなよ！」

オーク族の女性がこちらに向かって手を招いた。

王子が咄嗟に帽子をさっと引き下げる。

どうやら観光客と間違えられたらしい。二人は顔を見合わせると、いたずらっぽく笑って、呼ばれた店に近づいた。

そこは古着屋のようだった。主に女性物の服と、アクセサリーを扱っているらしい。

吊り下げられた大量のワンピースを見ながら、カトリーヌはあることに気が付いた。

「随分と黄色が人気ですね。半分以上が黄色のワンピースだわ」

「カティ、こっちも見てみろ。アクセサリーはグリーンがやたらと多い。髪飾りも耳飾りも」

「あら、本当ですね。流行っているのかしら？」

揃って首をひねっていると、店主の女性が近づいてきた。

「これがゼウトスの『王城風』の流行りなんだよ！　エリンから嫁いできた王太子妃様の、ハチミツみたいなブロンドの髪とエメラルドグリーンの瞳の美しさといったら！　あれ、お嬢さんもエメラルドグリーンの瞳だね。それにそっちのお兄さんは……んん？」

体の大きなオーク族の女店主が、二人の顔を覗き込むようにして言った。

「マダム、流行を教えてくれてありがとう。カティに似合う黄色の生地を都合してくれるかい？一番上等なものがいい」

（まずい！　バレちゃうかも！）

焦って固まりかけたカトリーヌの腕を引いて、王子が言った。

「あら、気前のいい男は好きだよ！　とっときのを出してくるね！」

さすが商人といったところで、女店主はころりと態度を変えて店の奥に引っ込んだ。

すぐに光沢のあるレモンイエローの生地を持ってくると、いそいそと紙で包み始める。フェリクス王子が気前よく支払うと、気をよくした女店主は二人の正体を疑っていたこともすっかり忘れて、笑顔で店外まで見送ってくれたのだった。

「なんとかなりましたね」

ふう、と息を吐いてカトリーヌが言う。

「ああ、まだ来たばかりだからな。騒ぎになっては楽しめない」

包みを抱えた王子が、疲れた顔で答えるのがおかしかった。

「ふふ。それにしてもびっくりしましたね。『王城風』のファッションが流行っているなんて」

「うむ、これまで城下の流行というものを知る機会はなかったな」

「ナントカ風って聞いたら、お料理を想像しますけど。漁師風とか、山賊風とか」

「君は本当に食いしん坊だな……」

王子が遠い目をして呟くが、カトリーヌは気にしない。ずり落ちてきたストールをなびかせながら、ウキウキと先を歩いていく。

「おい、気を付けてくれ。君は人気者なんだから、ちゃんと顔を隠すんだ」

王子がそう声を上げたときだ。

「カトリーヌ様⁉　カトリーヌ様だよね！　それにフェリクス様！　どうしてここに⁉」

通り過ぎようとしていた花屋の奥から、少女の甲高い声が聞こえた。

声の主を見ると、コボルトの少女だった。並べたバケツの間を縫って、通りに出ようとしている。

「ちょ、し、しぃー！　内緒にして！　一応変装してるの！」

カトリーヌが唇に指を当てて言い、王子が急いでカトリーヌのストールを目深に直す。

「あ、ごめんなさいっ！　あの、アタシの友達が、カトリーヌ様のお陰で助かったんだ！　お礼を言いたくってさ！」

コボルトの少女が、興奮しつつも囁き声を作って言った。

「カトリーヌのお陰で？　どの件だ？」

さりげなくカトリーヌを腕の中に隠しながら、王子が訊ねる。

「アタシの友達の家、この前の大雨の日に、地すべりで埋まっちゃったんだ。カトリーヌ様が馬車をよこしてくれてさ、避難なさいって言ってくれて助かったんだって聞いたよ。友達の兄さんは脚が悪いからさ、馬車なしじゃとても雨の日に逃げられなかったよ」

「ああ、その件ね！　それは良かったわ」

カトリーヌは顔を明るくし、王子は複雑な笑みを作った。

水害の起こった日のこと。

カトリーヌは、王子から借りた水害危険地域の地図を睨んで考えていた。

いつもの通り洗濯物予報が訪れたときに、午後から豪雨になることが分かったのだ。そうなると心配なのは、昨年の同じ時期に聞いた話である。

春から夏にかけての雨季、ゼウトスでは水害が多いという話だ。昨年、王子は水害の対策のため、新妻を放って執務室に籠もり切りになっていたほどだった。

王子の訪問がないことを気に病んでいた自分の姿が、昨日のことのように思い出されて、カトリーヌは小さく苦笑した。

「色々あったなあ。お母様の占いみたいに、私にも未来が見える日が来るなんて、夢にも思わなかったわ」

人々のために、力が使えるのは嬉しいことだ。

ただ、カトリーヌの方から特定の未来を見に行こうとしたことはない。

それでもこの日、ふと思い立ったのだ。水害が起こる場所を先回りして見られないか、と。そうすれば偶然に頼らないで、もっと多くの人を助けられる。

まったく根拠のない自信ではなかった。見える範囲は徐々に広がっているし、力の使い方も感覚で分かるようになってきている。

自分の力がどこまで使えるか、挑戦してみたい。

そんな気持ちが湧き上がるなんて、無才無能と諦めていたときのカトリーヌからは考えられなかった。

「っと、集中して考えなくちゃ。この丸が描かれているところが、水害対策をした場所ね。何も起こらなければ良いのだけれど……」

カトリーヌの目は素早く地図を読み取っていく。

「アズベン川の曲がっているところ、タムリツェ峡谷の崖、クルト山の山腹ね」

ふっ、と息を吐いて、カトリーヌは意識を額に集める。地図から読み取れる地形を、出来るだけ細かくイメージする。そして目を瞑り、心の中で唱えていく。

（お母様、力を貸してください。私はどれだけお腹が空いても大丈夫ですから。未来を見せてください）

無意識に、ペンダントを握っていた。

全身が熱くなり、その熱が胸に集まるのを感じる。さらに願い続けると、熱が上っていき、額に集まるのが分かった。瞼の裏がちかちかと光り、汗がじっとりと全身を濡らしていく。

くらり、と重力が歪み、床が近くなる感覚を覚えた。そのときだ。

（…………来た！）

瞬間、ひときわ額が熱くなる。

周りに目まぐるしく変化する景色が現れる。時間は前に進んだり、後ろに戻ったりして酔いそうだ。集中を切らさないように、欲しいイメージを探す。

（ここだわ！）

カトリーヌは、目指す景色に向けて意識を飛ばし、イメージを捕まえた。

「アズベン川の沿岸、氾濫(はんらん)なし。タムリッツェ峡谷、落石があるけれど怪我人(けがにん)はなし。クルト山腹。……家が飲み込まれてる！　地すべりが起こるんだわ！」

そう叫んで立ち上がると、一瞬眩暈(めまい)に襲われる。よろけそうになりながらも、カトリーヌは王子を探すため執務室を飛び出した。


王子は、天守にある自室に居た。

「……そうか、早急に避難の手配をしよう。ところで、顔色がよくないようだが。風邪ではないか？」

王子がカトリーヌの顔を覗き込むようにしながら訊ねた。

「ええと、初めて未来を見に行ってみたんです。地図を見せていただいたでしょう？　それで、危ない場所について、未来を見に行けないかと思って。少し疲れましたけど、それだけです」

そう答えながらも、カトリーヌは全身に倦怠(けんたい)感が重くのしかかるのを感じていた。

「見に行った？　未来を？　偶然見たものではないというのか？」

王子の問いにカトリーヌがうなずくと、王子はとたんに深刻そうな表情に変わった。

「さすがにそれは……先見(さきみ)の力としか思えない……いや、しかし、そうか。まずは父上に相談……」

「どうしたんです？」

難しい顔のままぶつぶつと呟く王子の顔を見上げる。すると、王子はカトリーヌの両肩を掴んで、周囲を見回した。そして、小さな声で告げたのだ。

「今回のことは、しばらく誰にも言わないように。未来を見に行ったということについてだ。それから、君のその顔色が戻るまで力は使わないこと。いいかい、たくさん食べてゆっくりしておくんだ。僕は避難の手配を急がないといけないから、いいね」

「は、はい」

「くれぐれも、秘密にすること。手配は僕の名前で行っていいかな？」

「え、でも、私の勝手でやっているものですから。間違っていたら申し訳ないですし、私の責任でお願いします」

「うーん……分かった、君の名で行おう。対外的には、あくまで嫌な予感がしただけ、ということにするよ。いいね」

噛んで含めるように言うと、王子は何度もカトリーヌの方を振り向きながら、足早に去っていった。

「どうしたのかしら」

王子の様子に、にわかに不安になったカトリーヌは、その場でソファに座り込んだ。

なにか、禁忌でも犯したかのような勢いだった。それに『先見』という言葉を使っていた。どこかで聞いた言葉のような気がして、引っかかる。

「だめだわ、今は何も考えられない」

体にまとわりつく重さを少しでも吐き出すように、カトリーヌはため息をつく。

考えようにも、猛烈に体が怠かった。それに、かつてない空腹が忍び寄ってくる気配もする。

そのとき、ポポポポ、という独特の足音が階段を駆け上がってくるのが聞こえた。その数秒後には、チェリーが山盛りのパンを持って、ドアを破る勢いで入室してきたのだった。

「王子からカトリーヌさまへ、おとどけものだよー！」

という元気いっぱいの声とともに。

「カトリーヌ様の不思議なお力で、未来を教えてくれたって聞いた！　お陰で友達が助かったの！」

　水害の予知について思い出していたカトリーヌだが、コボルトの少女の興奮した声で現実に引き戻された。

「力じゃないのよ、嫌な予感が偶然当たったの。でも、助かって良かったわ」

「うん！　あの子カトリーヌ様にすごく感謝してたよ！　ねえ、なんでも見ることが出来るって本当？」

「だから違うのよ。直感ってだけ。なんでも見ることが出来るなんて、不可能よ！」

「えー！　先見とは違うの⁉　カトリーヌ様は奇跡の力をお持ちなんじゃないかってみんな言ってるよ！」

「先……？」

また『先見』だ。

気になったカトリーヌが聞き返そうとするが、横からフェリクス王子が体を割り込ませてきてしまった。

「今日はこっそり遊びに来ているんだ。悪いがここで失礼するよ」

王子は指を唇に当てて、少女に向けて「しぃー」と合図をすると、引きずるようにしてカトリーヌを連れていった。

その後も、バザールを歩く間に、カトリーヌたちは何人かの民に声をかけられた。

しまいには、『カトリーヌ様がいるらしい』という噂が回り、わざわざ探しに来る者まで現れた。

カトリーヌの直感によって助けられた者やその噂を聞きつけた者たちが、競うように力について訊ねてくる。

「偶然そんな気がしただけですから」と、繰り返し答えるうちに、カトリーヌはなんだかすっかり疲れてきてしまった。隣を歩く王子も複雑そうだ。

王子はともかくなんで自分までこんなに顔が知られているんだ、と思ったところで、王子とカトリーヌの肖像を描いたカップやタペストリーが売られている土産物店を見つけて絶句した。

【愛がもたらした尊き平和】

という文言が二人の肖像の下に印字されている。

王子とカトリーヌが顔を見合わせていると、「奇跡の結婚のお二人だ！」「フェリクス王子とカトリーヌ様がいらっしゃるぞ！」という声が上がる。また、人が集まってきた。

カトリーヌを囲んで、口々に騒ぎ立てる。みんな、拝まんばかりの勢いだ。

「ぐ、偶然ですから」「私はなにもしていませんから」「いや、私の肖像に開運効果なんかないですよ⁉　だまされないで！」

カトリーヌが律儀に返していると、王子がさっと横から手を出した。そのままカトリーヌを無理やり人々の輪から引っ張り出すと、二人は走って集団から逃げ出した。


「…………ゼェ、ハア、……やっと、撒きましたね」

「民の声を聞くのも大事だとはいえ、とんだ目に遭ったな」

二人は、バザールの外れにまで走って逃げてきていた。

人通りはほとんどなく、店も、場所取りに失敗したやる気のない行商がぽつりぽつりと座っているだけだ。

「もう少しだけでいいから、君は力を出し惜しんだ方が良いかもしれないな。噂が広がりすぎている」

肩で息をしながら王子が言う。

「う、そうですね。私も、皆さんに囲まれて居たたまれなかったです」

浅い口呼吸しか出来なくなっているカトリーヌが言う。

そんな彼女をじとっと眺めてから、王子は口を開いた。

「君は直感が鋭いだけ、と片付けるのが安全だと思っていたが、そうも言っていられなくなってきたようだ。……いや、僕自身、目を逸らしたかっただけかもしれない、君の力について」

「もしかして、王子のおっしゃっていた『先見』というものですか？　私には何のことだか……」

思い出したばかりの疑問を投げると、王子は口を変な形に曲げた。

「君に伝えることが出来ていなくて、すまない。時機を見て父上に相談に行くつもりだ。それまでは直感が鋭いだけのふりを続けてくれると助かる。それならば占いの類と変わらないからな」

王子は、ああ疲れた、と呟くと、天を見上げてため息をついた。

はっきりしない態度に不安を覚えつつも、カトリーヌはそれ以上説明を求めることはしなかった。

（未来を見に行ったのが、まずかったのかな？　もしかして不吉な力だったりする？　そもそも、なんで力に目覚めたのかも分からないし、ちょっと不用意だったのかもしれないわ……）

黙り込んだカトリーヌの顔を、王子が気づかわしげに覗き込んだ。

「不安にさせたか？　すまない。君の力は素晴らしいものだと信じている。それは確かだよ」

「そう、でしょうか。私、どんどん力が大きくなるに任せてましたけど、あまりにも知らなすぎたなって思ってしまって」

「僕たちの説明が足りていなかったからだ。大丈夫、君は出来ることをしようとしただけなんだから」

そう言ったきり、王子は黙り込んでしまう。

二人はなんとなく気まずい空気のまま、帰りの馬車を呼んだ。

馬車の中は静かだった。カトリーヌはずっと黙って考え事をしているし、王子は時折そんな彼女を見やっては窓の外へと目を逸らす。

と、突然カトリーヌが声を上げた。

「あ！　分かりました！　フェリクス様、やっとまとまりました！」

「能力の話か？　何か分かったのか？」

王子がずいっとカトリーヌに体を寄せる。

カトリーヌも体ごと王子に向けて、目を輝かせて言った。

「いえ、それは王子のご説明を待つことに決めましたし、それまで大人しくしていようと思います。今は気分転換に、本当の『王城風』について考えていたんですけど、」

「本当の『王城風』？」

目を丸くした王子の顔は、不思議に間が抜けていた。カトリーヌは気にせず、はきはきと言葉を続ける。

「はい！　『王城風』をつけるのにぴったりのお料理がありました！」

「待て、何の話をしている？　僕は全然ついていけていないぞ」

「ナントカ風、と言ったらお料理だと思うって話したじゃないですか！　それでヒュドラーの生き血のスープこそが、王城風を名乗るのにふさわしいって閃いたんです。でもそれじゃ足りないんです。あの生き血は正真正銘の『朝採れ』でしょう？　だから、『朝採れヒュドラーの生き血スープ・王城風』でどうでしょう」

「……どうでしょう、と言われても。詩の女神も逃げ出すほどの出来だな」

天を仰いだ王子は、背もたれにだらりと体を預ける形で座り直した。

「ゴーシュさんに伝えたいのですが、大丈夫でしょうか？　こだわりがおありだから、怒るかしら？」

「いや、喜ぶんじゃないか。多分。知らないが」

ため息交じりに答える王子と、スープを思い出しているのか顔をゆるめるカトリーヌ。

そんな二人を乗せて馬車はのんびりと、王城へと向かっていった。

8章　先見の力

あっという間に初夏がやってきた。

カトリーヌは、自分から未来を見に行くことはしないよう気を付けて過ごしていた。それでも意思の力で制御しきれずに、見えてしまうものはあった。

「いよいよヒュドラーの血が採れる季節になりましたね！　今日の夜ごはんは、今年初のヒュドラーのスープですよ！　待ちかねましたね！」

夫婦の食堂に入るやいなや、カトリーヌは浮かれた声を上げる。

足取りも軽く席につく。レモンイエローのサマードレスが、彼女の雰囲気をますます浮かれたものにしていた。

首元には、ドレスに比して地味な緑の鉱石のペンダントが揺れている。

その様子を、先に席についていたフェリクスが、じとっと眺めていた。

「よくも毎日飽きもせずに、夕食のメニュー予想が出来るものだな」

「もうすぐスープの季節だな～ってうきうきしてると、勝手に見えちゃうんだから、仕方ないじゃないですか」

「いささか、力を使いすぎだと思うが」

「他のものは出来るだけ見ないようにしてるんです。あらゆるものに意識を向けないようにして、出来るだけ鈍くしてるんですよ？　大変なんですからね」

「分かった分かった。ほら、来たぞ。王城風スープが」

自走式ワゴンに載った鍋から、チェリーが皿にスープをよそう。

そわそわと体を動かすカトリーヌに、王子は苦笑した。

「興奮してこぼすんじゃないぞ」

「もちろんです！　フェリクス様がプレゼントしてくださった生地で作ったドレスですもの」

微笑みながらドレスの胸に手を当てるカトリーヌに、フェリクスが頬をほころばせた。

「うむ。よく似合っている。太陽のように眩しい。僕は太陽に近づきすぎて目を焼かれたようだ。君の他は何も目に入らない」

「やめてくださいよ！　それ、わざとやってますよね？」

最近の王子は、甘い言葉でカトリーヌを困らせるのが楽しいらしい。

「わざと？　なんのことだ？　僕はいつでも本気だ。うん、今日の君の装いも『王城風』で素敵だぞ」

王子がいたずらっぽく笑う。そこに、派手な音を立ててチェリーがスープ皿を置いた。

「『朝採れヒュドラーの生き血スープ・王城風』！　いっちょお待ちだよー！」

「温かいうちに召し上がってくだせえってゴーシュが言ってたよー！」

「イチャイチャしてないで食べるといいよー！」

給仕をしてくれていたチェリーたちが、好き勝手に声を上げる。

スープ皿には赤黒い液体が満たされており、野性味あふれる香りがする。本能を刺激する香りに、嗅ぐだけでカトリーヌの頭がびりびり痺れ、お腹がきゅるきゅると自己主張を始める。肉の旨味を限界まで濃縮したようなスープの味を思い出して、うっとりと目を閉じる。

「全てのお料理が並ぶまでの間の、焦れる感じがたまらないですね。飲む前からもう私とスープの蜜月は始まっているんです」

「ふむ、君は料理を前にすると詩人になるな。スープとの蜜月も良いが、僕との甘い時間も終わりにしないでくれると嬉しい」

王子が軽口で返すと、カトリーヌはくすくすと笑った。

「フェリクス様ったら、スープに嫉妬ですか？」

「多少はな。なにしろこのスープは君から名前を賜るという栄に浴したわけだから」

「ふふ、バザールは楽しかったですね」

「大変だったがな」

そう呟いて王子はスープを口に運ぶ。それを見て、カトリーヌもスプーンを手に取って、宝物のように大事に掬って口に入れた。久しぶりのスープの味に恍惚としながら、カトリーヌは目を閉じる。

瞼の裏に、バザールの色とりどりのテントや敷布が躍った。

（バザールでは、エリンとゼウトスの人たちの笑顔が見られてよかった。先見についての話は……

まだ聞けていないけれど）

バザールでの一件以来、王子はずっと悩んでいるように見える。一方で、軽口や冗談も増えた。

そうやって悩みを誤魔化しているように、カトリーヌには思える。

だからカトリーヌも、力を使うのを出来るだけ控えながら、気にしていないように振る舞っていた。

今のところは、それでいい。力について不安はあるけれど、王子を問い詰めることはしたくない。

うんうん、と一人うなずきながらスープを口に運ぶ。

「はあ……おいひい」

「君は本当に幸せそうに食べるね」

頰に手を当てて呟くカトリーヌを見て、王子はしみじみと言った。

「一日一杯までってフェリクス様が言うから、一口一口しっっっかり味わってるんです」

カトリーヌが頰を膨らませる。

「君は血に酔いやすいからな。まあ、陽気になりすぎた君も可愛らしかったが」

「もう、その話は忘れてください！」

カトリーヌはますますふてくされた表情を作ってみせるが、スープを食べる手は止まらない。

あっという間に皿は空になり、カトリーヌは「はふう」と息を漏らした。

何も起こらないなら、いっそ先見の力のことは忘れてしまってもいいのかもしれない、と思いながら。

その日は草飼いのミーチャが城を訪ねてくる日だった。朝から大好物のスープを飲んだカトリーヌは、城中の埃を張り切って集めてミーチャを待った。

「ふう、これくらい集めたら良いかな……あ！」

三角巾を取って一息ついたカトリーヌが、声を上げた。

「ゴーシュさんにおやつはお願いしてたかしら⁉」

「だいじょうぶだよー」

「ゴーシュは知ってるよー」

「ミーチャがくる日だもんねー」

手伝ってくれていたチェリーたちが口々に答え、カトリーヌはほっと胸を撫でおろした。

何度も通ううち、ミーチャはすっかりカトリーヌに懐くようになっていた。悪食の回転草が食事をする間、カトリーヌを見張るのだと言ってくっついて回るのだ。

加えて、初めて会った日のお茶会をよほど気に入ったのか、来るたびにお茶会をしたがってきかない。そんなものだから、ミーチャが来る日にはお茶とおやつの用意をすることになっていた。

「フェリ兄とうまくいってなかったら、やっぱり返してもらっちゃうから！」と言いながら、カトリーヌとのお茶会の席にいそいそとつく。

相変わらず言葉は素っ気ないミーチャだけれど、カトリーヌは彼女を妹のように思っている。ミーチャから聞く城外の様子も、楽しみの一つになっていた。

けれど、この日は少し様子が違った。

いつもは遠くから草たちの鳴き声が響いてくる頃合いになっても、一向にそれが聞こえてこない。しいんとした空気のなか玄関ホールに立つカトリーヌの耳に、唐突にミーチャの小さな声が届いた。

「……カトリーヌお姉ちゃん、中に入れてくれる？」

いつの間にか、ミーチャが入り口に立っていた。背後を気にした様子で、そわそわと落ち着かない。周りに転がる回転草たちも、鳴き声を立てずカサカサと揺れるのみだ。

「どうしたの？」

「いいから、早く」

迎えに出たカトリーヌにしがみつくミーチャに急かされ、わけの分からないまま城内へとミーチャを運ぶ。後ろではチェリーたちが、城外の回転草たちに向けて埃を掃いてやっていた。

ミーチャが警戒を解いたのは、カトリーヌの部屋に入ってからだった。それでも、いつもとは様子が違う。焼き菓子の甘い香りに鼻を動かすこともなく、ティーカップに注がれた紅茶を見つめたまま動かない。

「ミーチャちゃん、どうしたの？　なにか悩みごと？」

ミーチャははじめ、カトリーヌの質問に上目遣いの視線だけを返していた。しばらくの逡巡のあとキッと顔を上げたミーチャの瞳には、不安げな色が浮かんでいた。

「カトリーヌお姉ちゃん、居なくならないよね？」

「どうしたの？　居なくなるなんてあり得ないわ。私はフェリクス様に嫁いだのよ」

いつもの嫉妬だろうか、と笑いそうになったカトリーヌだが、ミーチャの真剣な表情を見て真顔に戻った。何事だろう、とミーチャを見つめると、彼女は見る間に顔をくしゃくしゃにした。

「よかったぁ！　カトリーヌお姉ちゃん、先見の力がイヤになって、居なくなっちゃったら、どうしようかと、おもって……」

ミーチャはそう話しながら頬を紅潮させていき、ついには「わあーん！」と声を上げて泣きだしてしまった。

「だ、大丈夫よ。とにかく落ち着いて。ね？　紅茶を飲んで、それから順に話してくれないかしら？」

慌ててミーチャに駆け寄り、床に膝立ちになってミーチャを抱きしめる。椅子に座っていたミーチャは、半ば腰を浮かせてカトリーヌにもたれかかって洟をすすった。

とんとん、と背中を叩いてやるうちに落ち着きを取り戻したミーチャは、たどたどしく語り始めた。

「……なるほどね。つまり、私が先見の能力者？　という者だという話が国の皆さんの間で広がっている、と。昔ゼウトスに居た能力者の女の人は、奇跡の人だと持ち上げられすぎて、居なくなっちゃったのね」

「うん。あたしが生まれる前の話だって。パパから聞いたことあるんだ。そのときの、先代の魔王様が無理やり結婚しようとしたし、国のみんなは刻の女神様の巫女だってネッキョウしちゃって、大変だったんだって」

そもそもゼウトスは種々の女神を信仰する国だ。中でも、高位の女神である刻の女神は民の間でも特別に尊ばれているらしい。

「先見の巫女様って呼ばれてたんだ。ヒト族の小さな女の子だったたって聞くよ」

なるほど、確かに奇跡だと祀り上げられて、年の離れた魔王と結婚しろだなんて迫られたらその少女も困っただろう。カトリーヌは密かに少女に同情した。

少女はヒト族の旅の一団であり、ふらりと現れ、奇跡を起こして民を救った。そしてある日、先代魔王が倒された混乱のさなか、ふらりとまた消えたのだという。

「カトリーヌお姉ちゃんはハッキリ言わないけど、未来を見る能力者なんでしょ？　みんながそう言ってるし、あたしも、そう思う。だって、あたしを助けてくれたし、地すべりの予知でもみんなを助けたもん」

ミーチャの必死な言葉に、カトリーヌは正直に自分の知ることを伝えることにした。カトリーヌを心から心配してくれる彼女になら、話してもきっと大丈夫だろうと思った。

「実はね、未来が見えるのは本当なの。でも、自分の力について私は何も分かってないの。先見、という力についても、詳しくは知らないの。ごめんね」

「そうなの？　でもカトリーヌお姉ちゃんが、先見の巫女様と同じ力だってもし分かったら、どうするの？　先見の巫女様みたいにネッキョウされたらどうするの？」

またも泣きそうな顔になるミーチャの頭を、カトリーヌはそっと撫でる。

「不安にならないで、私の心は変わらないから。でも、私も知らなさすぎたわね。国の皆さんを騒がせてしまっているなら、力について、きちんと確かめないと」

――先見の力。

その言葉が出るとき、フェリクス王子はあからさまに難しい顔になる。

以前に居たという先見の能力者が、その力ゆえに熱狂に巻き込まれ、国を去った。それを知っているからこそ、王子はカトリーヌに言い出せなかったのだと分かった。

カトリーヌも、王子が悩む姿を見て、真実を訊ねることから逃げていた。

それでも、とカトリーヌは反省する。

(知らないままでいれば、問題がなくなるというものでもないわ。私、また『弱虫』に戻っちゃってた)

「ね、ミーチャ。私、自分の力について誤魔化すのはやめるわ。だからね、聞いてみることにする！」

「聞く……？　誰に？」

きょとん、と音がするような表情のミーチャの手をとって、カトリーヌが微笑みかける。

「長く生きていて、お城の中では、おそらく魔力について一番詳しい方によ」

(そして、私の力に、魔力を使って触れたことがある方)

カサカサと回転草の転がる音が、窓の外から聞こえてきた。食餌の時間が終わったようだ。その音を合図に、お茶会はお開きとなった。

場所は変わり、エリン王国王城の晩餐の場。

静かな広間に、食器の音だけが響いていた。

緊張した空気の中で、アンヌが話を切り出した。

「ねえ聞きまして、お母様。ゼウトスではカトリーヌが国民に大人気だそうよ。民を助けて回ってるとか、行く先々に幸運を連れてくるとか言われているんですって。女神の奇跡の力だと言う者も居るとか」

「ほほ、異教の神の力ねえ。まったく、魔族どもと共に暮らすだけでも恥知らずだというのに、どこまで恥を上塗りするのやら。命乞いのために必死に媚びているのかしら？　潔く食い殺されるのが王族の誇りでなくて？」

優雅に笑ってはいるものの、苛立ちを滲ませた声で王妃が答えた。

「まったくですわよ！　さっさと消えてしまえば、それを理由にお父様がゼウトスに圧をかけられるというのに。お父様のお考えを察して、食べられるのが役目のはずよ！」

甲高い声で喚き立てるアンヌの肩に、王妃がそっと手をかける。

そして国王の方をうかがいながら、慎重に言葉を選んで話しだした。

「まったく、これからどうしてあげましょうね。厚顔なことに、土産物として自分たちの肖像を描いたカップやタペストリーまで売っているそうよ。しかもそれを買うエリン国民がいるとか。嘆かわしいわ」

それを聞いたアンヌはいやいやをするように首を振る。

「まあ！　おぞましい土産物だこと！」

と悲鳴に近い声を上げた。

「真に嘆くべきは……」

国王が重々しく口を開く。かしましい食事の席が一瞬にして静まり返った。

「エリン国民とゼウトスの魔族どもの交流が生まれていることだ。このままでは、エリンの民に異種族の血が入るのも時間の問題だろう」

王の言葉に、アンヌと王妃がヒッ、と息を飲んだ。

「一部のエリン貴族が出資しているパーティの噂も耳に届いておる。早く手を打たねば、この尊いエリン王国の貴族層にまで魔族どもが入り込んできてしまう」

王の言葉に、王妃とアンヌは平静を失って騒ぎだした。

「なんてことでしょう！　そんなパーティに参加している者も、出資している者も、全て縛り首にしなくてはいけませんわ！」

「お母様、それでは足りませんわ！　悪い根、あれ、茎？　種だったかしら？　とにかく元から絶たないと。お父様！　ゼウトスごと、カトリーヌを倒してしまってくださいな！」

アンヌの絶叫するような声が響く。

「案ずるな。ゼウトスを落とす策はもう考えておる。魔族どもが好きにしていられるのも、今だけだ」

落ち着いた声でそう言って、王は不敵に笑った。


一方、ゼウトス王城の執務室では、ミノス王が四本の腕で頭を抱えていた。

向かいにはフェリクス王子が難しい顔をして立っている。

「カーラから報告があった。またエリンの兵が国境でトラブルを起こしたそうだ。国境を越えてきたとか」

「武装して国境を越えるとは、挑発行為にあたりますね」

「そもそもただの国境警備にしては、派兵の数も多すぎるようでな。いやはや、何を企(たくら)んでいるやら。民も怖がっているそうだ」

国境沿いや港など、守りに重要な場所には、アラーニェの一族の監視を置いている。カーラのもとに集まった情報のうち、必要なものがミノス王に上がってくるようになっていた。

「最近増えてきましたね。すぐに落ち着くかと思っていたのに、逆に増えるというのはよろしくない」

王子が顎(あご)に手を当てて言う。

嫌な沈黙が流れた。

「まったく困ったものだ。しばらくは警戒度を上げるよう、カーラには言っておこう。フェリクスよ、お前はカトリーヌ殿を今まで以上に守るようにな。今は両国の民も落ち着いているが、ひとたび国家間で諍いが起これば、エリンからゼウトスに嫁いだカトリーヌ殿は、どちらからも悪感情を向けられるだろう」

ミノス王が気づかわしげにフェリクス王子に視線をやると、王子は重たげに口を開いた。

「国情が不安定となれば、いよいよ父上に相談をしないわけにはいきませんね……」

「ふむ、言いたいことがあるのだな。言ってみなさい」

「実は、カトリーヌの件で気がかりがありまして。彼女が未来を見ているのは確かですが、とうとう先日、彼女の方から未来を覗きに行ったのです。地すべりを予知した日のことです」

王子が言うと、ミノス王は大きな一つ目をぎょろりと回してため息をつく。

「……………カーラから聞いておった。城内はアラーニェの巣も同然だからな、変わったことがあればカーラに報告が行く。まあカーラは元より、カトリーヌ殿のなかに、なにか力が封じられていると察していたようだが」

「なぜ母君が力のことを」

言いかけて王子が「ああ」と声を上げた。

「洗濯場でのあれか……まったく、あの人は用心深い」

呟く王子に、ミノス王は胡乱な目を向けたが、さほど気にしない様子で「カーラが鋭いのは儂も身に染みて知っておる」とだけ言った。そんなミノス王に王子は気の毒そうな視線をちらりとやり、見なかったことにして話を続けた。

「問題は、いま民の間で広がっている噂です。カトリーヌが先見の能力者だという話が過熱して、刻(とき)の女神の加護を受けていると言い出す者も出てきているようです」

「祀り上げられるのは、カトリーヌ殿としても本意ではなかろうに」

「混乱した民に祀り上げられるのも、排斥されるのも、僕には耐えられません。それに、知ることで彼女をいたずらに不安にするかもしれないと悩みました。だが、もはや彼女に隠しておく方が危険かもしれない……」

王子がそう振り絞ったところ、執務室の扉が破裂音とともにぶち破られた。

「な、何事であるか⁉」

「襲撃か⁉」

警戒態勢に入った二人に、「ウジウジこそこそしているんじゃありませんよ！」という怒鳴り声が浴びせられる。

「カトリーヌちゃんを信じなさい！　自分の力について知らないままじゃ、身を守ることも身の振り方を考えることも出来ないじゃないの！」

粉となった木くずが塵(ちり)とともに立ち上るなか、濃厚な花の香りが部屋になだれ込んできた。

粉塵(ふんじん)の向こうに見える影は大きく、多頭の蛇が暴れているかのようだ。

「は、母君」

「カーラ、ち、違う。ちゃんとこれから説明しようと」

「黙らっしゃい！」

焦る男二人の前に蔓(つる)を広げて立ったカーラ王妃がそう一蹴(いっしゅう)すると、執務室の空気がびりびりと震

えた。

「あ、あのう。カーラ様。私は大丈夫ですから。その、ミノス王陛下もフェリクス様も私のことを考えてくださってのことだと思いますし」

おずおずと声を出したのは、カーラの後ろに隠れるように立っていたカトリーヌだ。はじめは縮こまっていたが、大股で蔓を乗り越えるようにしてカーラの隣にまで進み出た。

「でも、私もそろそろ知らないといけないと思います。私の力について。真実を受け止められるように、頑張ります。だから、教えてください！」

そう言って、カトリーヌは頭を下げる。

「いつまでもカトリーヌちゃんに説明しないものだから、可哀想に、不安になって私を頼りにきたのよ。いいこと？　ここでハッキリとさせましょう」

お辞儀をするカトリーヌに、やさしく蔓を絡ませながらカーラ王妃が言う。

蔓はするするとカトリーヌの体を上り、カトリーヌの上体を起こすと、心臓のあたりにそっと触れた。

「カトリーヌちゃんが力を封じられていたことは、気づいていました。一度、私の魔力で触れた際に弾かれていますからね。まさか先見の力だとは、思いませんでしたけれど。さて」

そこで、カーラ王妃はミノス王に向き直り言葉を続けた。

「能力の封印について、ミノスはカトリーヌちゃんに話すべきことがありますわよね。ただし、手短になさいね」

カーラ王妃の言葉に、ミノス王はごつごつの皮膚を青ざめさせながら、思い出話を語り始めた。

「あれは儂がまだ、ただのミノタウロス族のミノスであった頃……二十九年前のことだった」

カーラ王妃に睨まれながら、遠い目をしてうっとりと語りだすあたり、やはりミノス王の器は計り知れない。図太さ、と言うべきか。

ミノスの語ることによると、長く続く戦争に飽き飽きとしていた若き日のミノスは、ゼウトス国内を一人で旅していた。力自慢のミノスは、立ち寄る集落で手伝いをしたり、力比べをしたりして、日々をやり過ごしていたらしい。

そんな折、山をぶらついていたミノスの前に、一人のヒト族の少女が飛び出してきた。質素なワンピース姿だったが、ブロンドの髪にエメラルドの瞳を持つ美しい少女だった。

「これから豪雨が降ります。峠の道がふさがれるから今すぐ引き返してください」

十歳ほどに見える少女は、ミノスを恐れる様子を露とも見せずそう告げた。

ヒト族は狡猾で高慢だと信じていたミノスは、てっきりミノスから逃げるためにでたらめを言っているものだと決めつけて無視することにした。しかし少女は頑として譲らない。

触れたら傷つきそうなか細い腕で引っ張られ、振りほどくことも出来ずに下山をすると、やがて激しい雨が降りだした。そして、峠から土砂崩れの音が響いてきたのだった。

驚いて少女に訊ねると、未来が見える一族なのだという。偶然的に見えることもあれば、見たいものを意図して探ることも出来る。

その能力を欲しがる者、疎む者、様々な思惑に巻き込まれることが多く、一族は流浪の民として諸国を渡っていた。しかし、少女はここゼウトスでその一行からはぐれてしまったという。

「先見の力、と呼ばれております。普段はその力を隠して、占いや踊りで生計を立てています」

ヒト族の少女を連れて集落に入るわけにもいかず、二人は焚火(たきび)を囲んで野宿をしていた。

少女の横顔が炎に照らされると、揺らめきとともに寂しさが立ち上がる。ミノスは目が離せなくなっている自分に気づいた。

「なぜそれを儂に話す」

「よい人は、分かりますから」

エメラルドの瞳が真っ直(ます)ぐとミノスを射た。

そうして、彼女はミノスにとって初めてのヒト族の友人になった。だが共に過ごすなかで、彼女の姿も能力もどうしても目立ってしまった。ついには、刻の女神の巫女(みこ)として魔王のもとへ差し出された。そして、娶(めと)られることになってしまった。

ただのミノタウロス族の若者であったミノスには、何も出来なかった。運命に翻弄(ほんろう)される彼女をどうにも出来ない。力を持たない自分をミノスは悔いた。

「その後、同志を集め力をつけた儂は、先代の王を倒した。奴(やつ)の慢心もあったのであろう、宴(うたげ)に入り込み、あっという間に討ち取ってやったのだ。いやはや、彼女の力を奴の欲のために使わせては、この世界はめちゃくちゃになる。彼女は、そんなことは望まないであろうからな。城から逃げる前に、彼女は礼だと言ってある術(じゅつ)を教えてくれた。それから儂に、予言と頼み事を残したのだ」

「予言、ですか？」

カトリーヌが質問を差しはさんだ。ミノス王の話を聞きながら、まさか、と心が落ち着かなくなる。無意識に、胸元のペンダントを握りしめていた。

傍らにそっと移動していたフェリクス王子が、カトリーヌの肩を抱いてくれた。

「儂がエリンとの戦争を和睦にて終わらせることになる、と彼女は予言したのだ。和睦の際に、エリンの王女を城に迎えることになるとも言った。そしてミレイユ殿は頼んだのだ。城に迎えるエリンの王女は、自分の娘だ。だから、大事にしてほしいと。力を持たない娘だったとしても、虐げずに置いてほしいと」

「ミレイユ！　お母様の名前だわ！」

カトリーヌはそう叫んで、崩れ落ちそうになった。慌てて、王子が彼女の肩を支える。

「……そんな、お母様は先代魔王様から逃れたのに、今度はエリン王の愛人になって、不自由なまま一生を終えたというの……？　運命を覚っていたのに、生まれる私の心配だけをして……」

「カトリーヌ、違う。君がそんな風に思うことはないんだ」

「うむ。カトリーヌ殿、落ち着いて聞いてほしい。ミレイユ殿が儂に教えてくれた術は、その後フェリクスが生まれたときに役立ち、封印の……」

うろたえるカトリーヌを囲み、フェリクス王子とミノス王がなだめすかす。

と、空を切るヒュンという音。続いて、強く床を打ち据えるビタンという音が響いた。執務室に満ちた混乱の気配を、カーラ王妃が蔓の脚で踏みつけにしたのだ。

「……初恋の甘酸っぱい思い出を聞いてるんじゃありませんのよ」

「カ、カーラ⁉」

「手短にと言ったのに、なにをうっとりと語っているのかしら！　まさかまだ想(おも)っているんじゃないでしょうね！」

「ち、違うぞ！　ミレイユ殿とはそういうのではない！　それにカーラと出逢(であ)う前の話ではないか！」

「うるさくてよ！」

ビタン！　ビタン！　ビタン！

王妃の蔓がどんどんと荒れていく。

「大体あなたが小心すぎるからいけないのです！　おおかた、カトリーヌちゃんが未来を見られると分かった時点で、ミレイユ嬢の運命を思い出して恐れていたのでしょう！　カトリーヌちゃんが城を出てしまうのではないかと！」

「落ち着けカーラ！　痛い痛い痛い！」

「何のために私が、カトリーヌちゃんの様子をあなたに伝えていたと思っているの！　父として王として、支えてあげるべきでしょう！　ええい意気地のない！」

「む。母君がああなってはもうダメだ。退散しよう」

「え？　え？　良いんですか？」

戸惑っているうちにも、王妃の怒りはどんどんと激しさを増し、床の安全地帯がなくなっていく。

「よい。大体分かった。父上が教わった術については、僕の秘密にも関わることだと思う。僕から話そう」

「フェリクス様の秘密、ですか？」

「うむ。長くなるから、続きは夜にでも落ち着いて話したい。君の部屋……でっ⁉」

ピシ！　という空を裂く音が王子の頭上に響き、二人は慌てて頭を低くする。

暴れる蔓にさえぎられて、会話は途切れてしまった。

そうしてカトリーヌは、王子に抱えられるようにして執務室から脱出したのだった。


その夜のこと、カトリーヌの部屋で、カトリーヌとフェリクス王子は隣り合ってベッドに腰かけていた。

真顔で黙ったままのフェリクス王子の肩に、そっと頭をもたれさせる。体から、緊張が伝わってくるようだった。

見えないものに怯（おび）える小動物のようだ、とカトリーヌは思った。

寄せた肩と二の腕から、王子の体温が伝わる。ふと心の奥が緩んで、自分から問いかけたくなる。

それを、ぐっと飲み込んだ。

（フェリクス様のタイミングを待たなくちゃ。今まで言えていなかった秘密だというし。きっと、心の準備が必要なんだわ）

目を閉じると、窓の外の葉擦れの音が聞こえてきた。耳をすましていると、ふいに隣から息を細く吐く音が聞こえた。

「カトリーヌ、君の力の封印は君の母君が施したものだと思う。君の力は、利用されやすいし狙われやすい。君を守るために母君がそうしたんだろう」

「……お母様は、先見だけでなく封印の術まで使えたってことですか？」

「おそらくな。君の母君が僕の父に教えた術が何だったのか、という話だが……父は過去に、僕のある力に封印を施したことがある。ミノタウロス族の使う術ではない。どこで学んだのか不思議だったんだ。おそらく、君の母君に教わったのだろう」

カトリーヌは、無言のまま王子の言葉の続きを待った。

「僕が以前、少しばかり水の気を操れると言ったのを覚えているか？　そのほかに、母君から受け継いだ力があるとも言った」

王子の言葉に薄く目を開けると、彼の膝(ひざ)に置かれたこぶしが固く握りしめられているのが見えた。

「ええ、覚えています」

「僕が母君から受け継いだ力、それは、魅了(チャーム)と共鳴(シンクロ)だ」

王子の声が震える。

カトリーヌは思わず、王子のこぶしに手のひらを重ねて彼の横顔を見上げた。

「魅了と、共鳴？　それはどういった力なんでしょう？」

「魅了は字の通り、相手の心を虜(とりこ)にするものだ。蔓薔薇(つるばら)族は獲物を誘い込む方法で狩りをしてきた種族だからな。共鳴は、簡単に言えば、相手のことを探るのに使える能力だ。同族同士の連携に使っていた能力の名残で、母君はそう強くないが、僕には母君の元株からの隔世遺伝で強力に伝わってしまった。僕は、共鳴の相手とはお互いの全て――過去から現在までの経験も考えていることも全てを共有出来る。好きではない力だから、黙っていた」

苦しげに王子が言った。

「聞く限りですと、便利な能力に思えますけれど……。それに、ミノス王陛下がその力を封印されたのに、フェリクス様は力を嫌って秘密になさってるんですか？」

カトリーヌの問いに、王子は焦れたような表情になった。

「いや、幼い頃に封印されていたが、術が弱くてすぐに解放されてしまった。父上も、僕の力を嫌って封印したのだろうに。解放されてしまい、がっかりしたことだろう」

王子の声がまた震える。思い出したくないことを必死で押し込めるような、しかしどこかで、全てを明かして壊してしまいたいような。

端整な横顔に寂し気な色が差して、それを見たカトリーヌは思わず王子を抱きしめた。

「カ、トリーヌ⁉」

「あの、フェリクス様が嫌じゃなければですけれど、私に共鳴の力を使ってくださいませんか？不快になんかなりませんし、私のこと、全部知っていただけたら嬉しいです！　私の過去なんて、見苦しいだけかもしれませんけど……」

「君に、力を使う？」

「ただ力を嫌って封印されたとは思えないんです。きっとミノス王陛下にもお考えがあったんです。

だから、私に使ってみてください」

紫の瞳に、真剣なカトリーヌの顔が映る。

「いいのか？」

「はい。して、ください」

フェリクス王子がふとカトリーヌの肩を抱いた。二人はそっとベッドに体を横たえる。

手を繋ぎ、一緒に横になる。

「目を閉じて。これから僕は君の中に入っていく。君も僕の中に入ることになる。呼吸を、合わせられるか？」

隣に横たわるフェリクス王子の熱が、手のひらを通じて少しずつ移ってくるのを感じる。呼吸に意識を集中して、お互いに合わせることになる。ベッドの周りがゆらゆらと揺れて、やがて心音がリズムを合わせ始める。

そのとき、鮮やかな景色として、王子の心と過去が流れ込んできた。そういえば王子は、『お互いの』全てが分かると言っていた。


まずカトリーヌが見たのは、低い視点から見上げる魔王城の広間。テーブルに椅子、あらゆる物が大きくなり、広間もぐんと広くなった気がした。

周りを取り囲むのは、当時の城の住人たち。皆、巨人のように大きく見える。チェリーたちが、ちょうど同じくらいの目線だ。

「我が息子フェリクスの誕生日会によくぞ集まってくれた。嬉しく思うぞ。明日にはフェリクスは五歳になる。今後ともよろしく頼む」

山のように大きなミノス王が、地鳴りのような声で告げ、拍手が起こる。その姿も声も恐ろしく感じない。絶対的に自分を守ってくれる、愛してくれている、という実感がある。そして周りに集まる出席者たちも、自分を心から愛して、成長を喜んでくれていると伝わってくる。

楽しい誕生日会のあと、執務室に呼ばれた。ミノス王は、真剣な顔つきに変わると、言葉を選びながらこう言った。

「実はお前は、相手を魅了する力と、相手の心の全てを見通す力を持っている。素晴らしい力だが、王太子というお前の立場を思うと、儂としては不安もある。心を読み、操るという力は、一国の王太子には危険なのだ。だから、今まで封じていた。しかし長く封印する力は、儂にはなかった」

「ふういん？」

「そうだ、封印しておった。だが日付の変わる瞬間、お前の力は解放されてしまう。力を制御することを覚えるのだ。そして、今日までお前を、力を使わずとも愛してくれた者たちの信頼を裏切ることのないようにな。信じているぞ」

まだ幼い身にはよく分からなかったが、父が真剣であることは伝わった。

場面が切り替わり、今度は十歳ほどのフェリクス王子が見える。先ほどはフェリクス王子自身の目線だったが、この場面ではフェリクス王子の後ろから覗いているような視点だ。王子の記憶を見ているのだとしたら、十歳頃の王子は、こうしてどこか自分の外側から自分を眺めていたことになる。

　庭でのティータイムを楽しんでいた王子のもとに、来客が訪れる。やたらと背の高い男と女で、ヒト族ではないということしか分からない。王子が微笑むと、二人はすっかり王子の虜になった。魅了の力が勝手に発動してしまっている。

　骨抜きになった二人を眺めながら、王子が心中深く傷ついていることに、共鳴中のカトリーヌは気づいた。

　王子が生まれつき持っている力、魅了と共鳴。

　他者の心に入り込み、操れてしまう力だが、少年時代の王子はそれが悲しい。王子の言葉を誰も聞いてくれないからだ。何を言っても反論してくれないからだ。力に目覚める以前に受け取っていた、自然な愛を失ってしまったからだ。

　力の調整がうまく出来ない王子は、微笑みも、人懐こさも、封印することに決めた。

　そして、魅了の力は王子自身の意思によってしまい込まれ、人形のように表情の乏しいフェリクス王子が出来上がった。

　同様に、共鳴の力も使われることなくしまい込まれた。

　その後も、王子の心は今よりも固く閉ざされていった。心を表さず、誰とも親しくならない王子に、ヒト族への偏見が重なるようになると、ヒト族と外見が似ている王子について、ゼウトスの民は好き勝手に噂をした。

　共鳴しているカトリーヌは、王子の心に溜まっていく重く黒い感情を身の内に感じる。苦しい、

苦しい、と叫びたくなる。

しばらく後にカトリーヌが嫁いできて、今に至った。王子の目と心を通して自分を見るのは、少し気恥ずかしいものだった。


一方でカトリーヌの記憶の中。

幼いカトリーヌが見上げる母の姿は懐かしくて、胸が締め付けられるようだ。

母はカトリーヌと同じ色の髪を緩く編んで、片側に垂らしていた。愛しさをたたえた瞳でカトリーヌを見つめ、しゃがんで語りかけてくる。

「きっと本当の愛に出会えるから、それまでは力を封じさせてね。今はこうすることしか出来なくて……ごめんね、カトリーヌ。あなたが愛と居場所を得たとき、力は解放されるからね」

そう言って母は、何かの呪文を唱える。体の中に卵形の容器が作られ、そこに力が吸い込まれ、蓋をされる感覚がある。

かちり、と鍵のかかる音がした。その瞬間に、風切り羽をもがれて籠に入れられた鳥のような気持ちになった。もう飛べないという寂しさと、でもこれで、空で襲われることもなくなったという安堵。

「あなたの力が、あなたとあなたの愛する人たちを、幸せにしてくれますように」

そう言って母はそっと幼いカトリーヌの頭を撫でてくれた。短いけれど確かにあった、幸福な時間。

その後は、病に細る母の看病のこと、母の亡き後に継母が支配する王城で虐げられたこと、厄介払い同然に魔族との婚姻の駒とされた記憶などを、足早に通り過ぎていく。共鳴中の王子が憤っているのが分かり、なぜか恥ずかしい気持ちになった。

ゼウトスに嫁いでからの出来事を見たときには、心からほっとした。どれだけ沢山の愛情をもらってきたのか、あらためて実感出来たからだ。

「……君は怒っていい。君がされてきたことは、君のせいじゃない。恥ずべきは、あいつらだ」

共鳴を解いてすぐ、フェリクス王子が呟いた。

繋いだ手をそのままに、王子は体をカトリーヌの方に向ける。カトリーヌの耳に吐息が届いた。

「しかし、君の過去を覗き、恥ずかしく思わせてしまったのは、僕が共鳴の力を使ったからだ。分かっただろう、無粋な力だ。父上が封じようとしたのも分かるだろう」

「そう、でしょうか。あの日のミノス王陛下のお言葉を聞いた今も、そう思われましたか？　共鳴の力はフェリクス様のためを思って、封じていたのではないでしょうか。私のお母様が私にしたように」

カトリーヌの言葉に、王子が小さく息を飲んだ。

向かい合うようにカトリーヌが体を起こすと、フェリクス王子は考え込むように目を伏せた。

「君の考えを信じたいが、信じてもいいのだろうか。僕には自信がない」

「ミノス王陛下の心からの言葉だったと思います。それに、私はフェリクス様の共鳴の力のお陰で救われたんです」

カトリーヌが言うと、フェリクス王子は瞬きをしてカトリーヌを見つめ返した。鼻先が触れそうなほど、二人の顔は近づいていた。

「フェリクス様の力のお陰で、私は忘れていたお母様の記憶を思い出せました。久しぶりに、お母様に撫でられることが出来ました。皆さんにもらった愛情を、再確認出来ました。フェリクス様は勝手に相手の心を探るようなことはしませんし、その力で私を助けてくださいました」

「カトリーヌ……」

「愛する人が力によって不幸にならないように。封印にかける思いは、ミノス王陛下もお母様も一緒だったと思います。それに、今のフェリクス様は、ミノス王陛下の信頼に応えています。きっと、陛下も嬉しくお思いですよ」

一瞬、フェリクス王子の顔がくしゃりと歪んだ。

泣き笑いのような表情を見て、カトリーヌは無意識にその額に口づけを落とした。

繋いでいた手がほどかれ、フェリクス王子がカトリーヌの髪をふわりと撫でる。カトリーヌもそれに応えて、フェリクス王子の髪を柔らかく梳いた。

額を合わせて見つめ合い、どちらともなく口づけ合う。

久しぶりの大きめの『ぽわん』があった。

激しくはないけれど、質量を感じる力がカトリーヌの中に満ちていった。

（お母様は、私の力が不幸なことに使われないようにと考えてくれたんだわ。愛を受けて愛を返すことで、封印が解け、力が強まるようにと……）

未来を見る力は、使いようによっては災いを呼び込む。エリン王国に居た頃にこの力の存在を知られていたら、多くの血が流れていただろうと思った。

（お母様、ありがとう。私を無才無能のカトリーヌにして、守ってくれて）

フェリクス王子の心音を感じながら、カトリーヌは穏やかな眠りについた。体内を巡る、大きな力の存在を感じながら。


幸福な夜の向こうで、しかし、陰謀は動いていた。

その夜、カトリーヌは恐ろしい夢を見た。

火矢が放たれて燃えるゼウトスの民の家々がある。略奪を行うエリン王国の兵士が居る。アマデウス将軍を先頭にして、ゼウトスの騎士たちが城を出発していった。

エリン王国の兵団は、ゼウトスの王城にも攻め込んできた。城の外側の守りはアラーニェの糸だ。城自体を覆うように、糸が張り巡らされている。

エリンの騎兵たちが正面から突入し、歩兵たちは塔に綱をかけて、侵入をはかる。すると、アラーニェの糸によって、兵士たちが捕らえられていく。多くの悲鳴と怒号がこだました。

この山城は、ただの住居ではない。守りを重視した、戦いのための城だったのだと思い出す光景だった。

でも……とカトリーヌは思う。自分にとっては、訪れた日から今までずっと、家だったのだ。戦場となった城を見つめ続けるのはとても辛かった。

いやだ、どうして。みんなやめて——。

止めたくても、声が出なかった。夢の中で、カトリーヌはただ泣くことしか出来なかった。

「カトリーヌ！　大丈夫か！」

夢の世界からカトリーヌを連れ戻してくれたのは。フェリクス王子の声だった。

飛び起きたカトリーヌの背中に添えられた王子の手の感触で、ここが夢の世界ではないと分かった。

戻ってこられた、と安心したとたん、全身の力が抜ける。体中が汗に濡れて、ネグリジェが張り付いていた。心臓が早鐘を打っているのが分かった。

「うなされていたぞ。どうした？」

「……いやな夢を、見ました」

からからに渇いた喉から出た声が、自分の声ではないようだった。

「夢？」

「そうです。ただの夢ですから、大丈夫です。きっと」

そう繰り返したものの、不安は消えない。あまりにもリアルで、恐ろしい光景が脳裏から離れなかった。

「どんな、夢だったんだ？」

「それは、その………」

王子に訊ねられても、口に出すのが恐ろしかった。

（未来を見る者って、不吉な予言をする者でもあるんだわ）

力を持つということの別の側面を、引き受けることが怖い。

黙って頭を振るカトリーヌに、フェリクス王子は眉間の皺を深くする。

「カトリーヌ、君の母君の願いを一緒に見ただろう？」

「お母様の願い、ですか？」

問い返すと、王子はゆっくりとうなずいた。

「『あなたの力が、あなたとあなたの愛する人たちを、幸せにしてくれますように』だろう？」

その言葉に、カトリーヌは、はっと顔を上げた。真剣な色をたたえた王子の顔が間近にあった。

「聞かせてほしい、何を見たのか。君の力は君を幸せにするためにあるんだ。未来を良いものに変えていこう」

「私の、幸せ……」

フェリクス王子の言葉をうけて、カトリーヌは心を決めた。そして、見たものを語った。

ゼウトスが戦場になることも、城の皆が戦闘をすることも。

「私の望む幸せは、エリンとゼウトスの平和です。もしあんなことが起こるとしたら、絶対に食い止めないといけません」

「エリン兵が和睦を破って奇襲してくる、ということか。しかし、どこからだ。国境には警備兵が常駐しているし、アラーニェの一族の見張りもあるというのに」

「……先見を、試してみましょう。いつどこから侵攻してくるのかを、突き止められるかもしれません」

カトリーヌの言葉に、王子は目を見開いた。

「辛い光景だったんだろう？　無理をすることはない。兵力を国境の警備に割けば……」

「いえ、それでは民に不安が広がります。それに、戦闘になればどちらの兵にも被害が出ます。それは避けなくては……」

「難しいな、戦わずに追い返すということか？」

王子の言葉にカトリーヌはしばし考え込む。そして一つの案が思い浮かんだ。

「返しはしますが、ただ追い返すということはしません。戦闘にせず、捕らえて交渉に持ち込むのはどうでしょう」

「なるほど、再び同じような企みが起こせないよう、釘を刺すことが出来るかもしれないな」

「はい。そのために、先見を試させてください」

カトリーヌが宣言すると、王子はゆっくりとうなずいて彼女の手をとった。

「分かった。君が戻ってこられるよう、僕はこうして手を握っている」

信じているよ、という王子の言葉を合図に、カトリーヌは瞳を閉じた。

「私に見せてください。いつ、どこから、エリン兵が攻めてくるのかを」

先ほど夢に見たエリンの兵の姿を思い出しながら、そう唱える。あの兵たちはどこからやってきたのか。時間をさかのぼるように、略奪の景色のなかを漂っていく。

時間が巻き戻され、エリンの兵が後ろ向きに走る。森を抜け、たどり着く先は――湾だった。

月のない夜、エリン王家が派兵した兵団が、灯台の下の船着き場から後ろ向きに舟に乗り込んでいく。新月の暗闇にまぎれて航行してきたようだった。

夜空を飛び回るようにして、一隻二隻と数えていく。小型の舟で五隻になった。

「これはム・ルーデス港のある湾かしら」

「いや、あちらはもっと明かりが多い。ここには灯台の明かりしかない」

突然聞こえてきたフェリクス王子の言葉に、カトリーヌが驚いて隣を見ると、手を繋いだままの王子と目が合った。

「これが、君の見ている未来の景色なのか」

「は、はい。あの、どうしてフェリクス様も?」

「共鳴(シンクロ)だ。呼吸を合わさせてもらった。君一人に、未来を覗(のぞ)く責任を負わせたくない」

「フェリクス様……!」

嬉(うれ)しさで、言葉を失った。恐ろしい未来の景色のなかで、一人きりじゃない。繋いだ手の感覚が心強かった。

「君の体力が心配だ。急いで湾の特定をしよう。ここはどこだろう。あの小さな舟で、そう遠くまで夜の航海は出来ないはずだが、彼らはエリン王国領から漕(こ)ぎ出してきたのだろう?」

王子に言われて、カトリーヌは我に返った。急いで思考を巡らせる。

「そ、そうですね！　となると、きっとあの人たちが航行しているのは、エリンとゼウトスが共有する湾の方ですね」

ゼウトス王国から見てエリン王国は北に隣接している。二国の国境と交わる海岸線のゼウトス領側には、半島が突き出ている。

　半島は南に向けて、重く穂先を垂れる麦のように大きく曲がった形をしていた。半島の内側には、ゼウトスで一番大きな港であるム・ルーデス港がある。波の穏やかな良港で、ゼウトス王国は港を長年死守してきた。見張りは常に怠っていない。

　半島の外側は隣接するエリンに続く大きな湾がある。こちらは波が荒く港として栄えてはいない。地上の国境線上はもちろん兵を置いているし、アラーニェの一族が密かに見張ってくれているとは聞くが、湾内の警備については聞かない。

「湾内からゼウトス側の領地に侵入すれば、ゼウトス王城の麓までは女神の森を抜けて移動出来ますね」

「あそこは狩猟の女神に捧げた森だ。秋の儀式で王が狩りを行うとき以外は、立入禁止になっている。隠れて進むにはうってつけだろうな」

　フェリクス王子は当然のことだが、ゼウトス国内の地図を眺めることの多かったカトリーヌの頭の中にも、大体の地理が入っている。

　と、舟が上げたしぶきが二人にかかった。月のない夜の真っ暗な海から上がったしぶきは、なぜか黒くねばついていた。

　ぐらりと景色が歪む。カトリーヌの全身に黒い液体がまとわりつき、エリンの兵たちの声がキイキイと高くなった。黒い水がいつの間にか膝の高さにまで満ちていた。

「ひっ！」

足を動かしても進めず、目を開こうにも目覚められない。まさに悪夢のようだった。

「もういい、カトリーヌ！　ここから出よう！」

「フェリクス様！」

強く抱きしめられ、やっと足が水から抜けた。

「こっちだ！」

水面に、空には浮かんでいないはずの月の明かりがあった。丸く光る輪に飛び込むと同時に、カトリーヌの瞼(まぶた)が開く。

自分のベッドに座っているのを確認して、カトリーヌは安堵(あんど)の長い息を漏らした。腕が、脚が、全身が重い。そして胃が早くも空腹を訴えてきゅるきゅると鳴っていた。

「大丈夫か？　どこか苦しいところはないか？」

気づかわしげに訊ねるフェリクス王子に微笑(ほほえ)みかけると、その肩にそっと頭を預ける。

「少し、疲れました。でも、必要なことは全て知れました。次の新月の夜にゼウトス側の湾からでしたね」

「ああ、よく突き止めてくれた。次の新月まではあと四日ある。備えるには十分だ」

「絶対に、平和を、守りましょう、ね」

ぐぅ～、という自分のお腹(なか)の音を聞きながら、空腹に勝る眠気に包まれてカトリーヌは眠りについた。

9章　未来を変えるために

翌日、二人はミノス王の執務室を訪ねた。

カトリーヌの見た未来について、フェリクス王子が語り終えると、王は一つしかない目の上を押さえて唸った。人間で言う、こめかみを押さえているようなものだろうか。とカトリーヌはいささか場違いなことを考えていた。

たっぷりと沈黙の時間があったが、二人は辛抱強く王の言葉を待つ。そして、とうとう重い口が開かれた。

「……なるほど、よく教えてくれた。感謝する」

「これで、守りを固めていただけますか？」

カトリーヌが訊ねると、ミノス王は深くうなずいた。

「侵攻してくる場所まで分かるとは、カトリーヌ殿はまことに素晴らしい能力者であるのだな。しかし、だからこそ難しい面もある。予知をもとに兵を動かす以上、その能力を民に秘密には出来なくなってしまう。噂は確信に変わり、加速するだろう。いやはや――」

ぐぐぅ、とミノス王が喉の奥で低い唸り声を上げた。

王の言葉を受けて、カトリーヌは一歩前に出た。

「ご心配ありがとうございます。でも、ミノス王陛下はぜひ王としての立場だけでご判断くださいませ。私のことは、どうぞお気になさらないでください」

「カトリーヌの身辺は、城をあげて守りましょう」

フェリクス王子の言葉に、ミノス王が深くうなずいた。

「大丈夫です。きっと私の力は、こうして使うためにあるんです。それよりも、どうか両国ともに血の流れないように、お願いします！」

カトリーヌが深くお辞儀をすると、ミノス王は立ち上がり、彼女の肩を優しく叩いた。

「努力しよう。こちらが先手をとれるわけだからな。倍の兵力で囲んで降伏を促そう。エリンとの交渉までの間、捕らえた兵は丁重に扱うことを約束する」

「ありがとうございます」

こうして、策は決まった。

釣り針のようだった月が日ごとに細り、猫のひげのような月になる。その後に、月はとうとう姿を消した。新月の夜がやってきたのだ。

フェリクス王子が指揮をとり、四騎士を筆頭にした兵を率いて出かけていく。日が落ちる時間に件の湾に到着し、そこで陣を構えてエリン王国の船団を待ち受ける計画だ。

侵攻してくる兵は小舟でたったの五隻という先見の結果を受けて、王子は予測を立てていた。

おそらく、先に上陸した少数兵力が機動力を生かしてゼウトス国内を混乱させたのち、本隊が攻め込む手はずなのだろうと。

つまり、先に上陸する五隻分の兵を捕らえれば、本隊は動かないだろうということだ。ただ、王子の無事を祈り、カトリーヌは作戦の成功を信じていたので、先見で結果を知ろうとはしなかった。

紫色に暮れていく空を眺めながら、出来るだけ血が流れないようにと願うのみだ。

無意識に窓の向こうに思い浮かべながら、窓の格子を一つ一つ拭いていく。王子の白い甲冑の後ろ姿を、
不意に目の前に紙が落とされた。

『そこ拭くの、もう三度目だぞマヌケ』

拾いあげた紙の文面を読み、頭上を見る。そこには羽根ペンがふわふわと飛んでいた。

その鉤爪にはもう一枚、紙が掴まれており、今度はそれをべたりと顔に押し付けられる。

「ちょ、ちょっと！　なにするんですか！」

羽根ペンを手で払って、顔に押し付けられた紙を取る。皺の寄った紙には、『忙しくなるのはこれからだ。今はただの役立たずなんだから休んでおけ』とそっけない言葉が綴られていた。

「一言余計なんですよ、素直じゃないペンなんだから」

小声で文句を言うと、聞こえたのか聞こえていないのか、羽根ペンはカトリーヌの後頭部をはたいてさっさとペン立てに戻ってしまう。持ち主をなんだと思っているのか、と思うけれど、不器用ながら励まそうとしてくれているのは伝わってきた。

それに、羽根ペンの言うことももっともだ。

（そうよね。作戦はきっと成功するし、忙しくなるのはこれから！）

「よし！」

カトリーヌは掛け声とともに雑巾を置いて、ソファに横たわった。

「気合を入れて、寝よう！」

移ろいの早い薄暮の頃合い。窓の外は夜の空気を濃くし始めていた。


作戦はつつがなく進行した。作戦に参加した王子たちも、帰還を迎えたカトリーヌたちもあっけにとられるくらいに。

「フェリクス様、おかえりなさい！　お怪我はありませんか？」

カトリーヌが駆け寄ると、王子はカトリーヌの頭を撫でて微笑んだ。

「ああ、両国とも血の一滴も流れなかった。エリンの兵たちは、即座に降伏したよ。君の作戦のお陰だ」

「カトリーヌ様のおっしゃっていた通りでしたね～！　先見の力ってマジで無敵じゃないですか！」

「サージウス！　軽率なことを言うんじゃない！」

王子は横から口を出してきたサージウスに一瞥をくれると、「捕虜を下に」と指示を出した。

「下？　地下があるのですか？」

そう訊ねながら、サージウスたちの背後に捕らえられているエリン兵士たちに目を向けると、にわかに彼らがざわつきだした。

「カトリーヌ様だ」「無才無能ということだったのに」「作戦を考えたというのは本当か？」「エリンを憎んでいるに違いない」「魔族になったというぞ」「食われるんじゃないのか？」「ひぃっ！助けてくれ！」「化け物！」

ドン！

「静まりなされぃ！」

アマデウス将軍が足を踏み慣らし、怒号を上げた。

床が割れるほどの振動と大砲のような声に、エリン兵士たちは一気に静まりかえる。

「カトリーヌ殿は貴殿らを傷つけぬようにと我らに言ったのだ！　失礼なことを申したら我が許さぬぞ！」

「俺も許せねえかもなあ」

横から入ってきたサージウスが、兜（かぶと）を取って首なし騎士（デュラハン）の姿になってみせると、いよいよエリンの兵たちは泣きそうになってしまう。

「み、皆さん落ち着いてください！　とにかく、ちゃんとエリン王国にはお送りしますから、それまでこの城でお過ごしください！　ね、アマデウス将軍もサージウスもそんな怖がらせないで」

「ううむ、カトリーヌ殿がそう言うならば我らも矛を収めますが」

「あんまりカトリーヌ様に失礼なこと言われたら、むかついちゃうかもしんないよ」

異形の騎士たちがカトリーヌにかしずくのを見て、エリン兵たちはますます恐ろしいもののようにカトリーヌを見る。青ざめている者もいた。

（うう、うまくいかないなあ。普通に話したいだけなのに）

戸惑いながら、カトリーヌは地下に向かう一団を見送った。


その翌日。朝食後のこと。

「カトリーヌさまー」

「困った困った困ったよー」

カトリーヌのもとにチェリーたちが駆け込んできた。

聞くと、捕虜のエリン兵たちが食事を取ってくれないのだという。夜も、物音に怯えて一睡もしていないという報告が、サージウスから上がってきていた。

兵たちは、無事にエリン王国に返還しなくてはいけない。その道のりで倒れられては心配だし、なにより可哀想だ。

（きっと初めて私がこのお城に来たときみたいに、いえ、もっと、不安なんだわ）

「アタシたちが行ってもわーわー逃げるんだよー」

「食事をみてもこわがるんだよー」

チェリーの言葉で、カトリーヌは立ち上がった。

「ねえチェリー。エリン兵さんたちのところに案内してくれないかしら。ゼウトスに慣れなくて怖がっているのかもしれないわ。怖くないよって教えてあげようと思うの」

「さんせーい」

「こっちだよー」

チェリーたちがわっと声を上げて、カトリーヌの手を引いた。

引かれて下っていった先は、不思議な地下室だった。

通路は細くうねっていて、その壁は石ではなく産毛が生えた柔らかい素材から出来ていた。その先に床も天井も丸い広場があって、そこにエリン兵たちが集まっている。広場の床や天井も通路と同じ材質だ。

天井から等間隔に生えた太い茎が牢の柵の役目を果たしている。そこで初めて、この地下室は植物の内部なのだと気づいた。

地下室というより、地下茎と言うべきなのかもしれない、とカトリーヌは思う。

「あの、皆さん。ここは怖い場所ではありません。閉じ込めてしまって申し訳ないのですが、危害を加えるつもりは絶対にありませんので」

カトリーヌが柵に近寄ると、兵たちは部屋の隅に押し合いへし合い逃がれていく。どうしたら分かってもらえるのか、と困ったカトリーヌはため息をついて後退った。

自分もこの城に来たときに、見るもの全てが怖かったのだ。

自分が初めに安心したのは何がきっかけだっただろう、とカトリーヌは考える。

（……質問状だわ！）

カトリーヌはそう閃いた。

辛い目に遭うに違いないと思っていたカトリーヌは、初め、見慣れない料理に手を伸ばすのも恐ろしかった。でも、質問状から感じた王子の優しさと誠実さから、食べてみようと思えたのだ。

（兵士さんたちの不安を取り除くためには、歩み寄ることだわ。希望を聞いて、橋渡しになれるかどうか試してみよう）

カトリーヌは、部屋の隅で固まる兵士たちに優しく声をかける。

「あの、皆さん、今食べたいものはありますか？　まったく同じ材料とまではいかないですけれど、エリン王国風のお料理について厨房に伝えることは出来ると思います。私は、エリンの出身ですので」

そう伝えると、エリンの兵たちはヒソヒソと相談を始める。

「無理に決まってる」「なにを企んでんだ」「でももしかしたら……」

漏れ聞こえる言葉に、やはりすぐに信じてほしいというのは無理だろうか、と思いかけたときだ。

「ほ、ほんとに作れるんなら、オレ、パン粥がいい。エリンの味付けで、変な材料じゃない粥だ」

ひときわ若い兵士がそう言った。彼は日に焼けた肌に、藁のような色の抜けた髪色をしていた。

「パン粥、ですか」

「そうだ。死ぬ前に懐かしい味が食えるんなら、オレはそれでいい」

「死にませんってば」

はあ。とカトリーヌが思わず漏らした嘆息は兵士たちのざわめきに飲み込まれた。

皆、エリンの味を思い出して興奮しているようだった。やはり空腹に耐えていたのだ。

「分かりました。パン粥なら材料には困りませんから、昼にパン粥を出しましょう。とにかく元気にエリンに戻っていただかないといけないんですからね」

カトリーヌの言葉を聞いているのかいないのか、兵士たちはパン粥の話に花を咲かせている。

心なしか活気を取り戻したように見える兵士たちを後に、カトリーヌは地下室を出たのだった。

そして、昼になった。

「と、いうわけで、エリン風のパン粥を作って参りました。どうぞ」

疲れた様子のカトリーヌが告げ、チェリーたちが小さな椀をガチャガチャと柵の中に置いていく。

あのあと厨房に行ったカトリーヌは、ゴーシュを手伝って、パン粥の材料選びから味付けまで細かくアドバイスをしなくてはいけなかった。

エリンに居た頃、重い風邪になったカトリーヌに、台所メイドがこっそりパン粥を作ってくれたことがある。硬くなったパンと少しの干し肉をミルクで煮て、ハチミツで味を調える。それが一番美味しいのよ、と台所メイドは立派な胸を張って言った。

確かにこの味だった、と記憶と照らし合わせるそばから、ゴーシュが香りづけの薬草を足したがるが、それを止める。

料理人の血が騒ぐのか、すぐに味付けや具材、彩りを足そうとするのだから困ってしまう。そのたびに押しとどめて、エリンの兵士たちが警戒しないよう、出来るだけシンプルに作ったのだった。

差し出された椀を最初に取ったのは、初めに声を上げた若い兵士だった。

「だ、大丈夫なのか？　お前」

「オレが言い出したから。これで死ぬんならそれでいい！」

仲間に心配されながら、震える手でスプーンを持ち、パン粥を掬う。

「だから、死なないですってば」

カトリーヌの声がむなしく無視されるなか、彼は意を決して粥を口に入れ、そして。

「うまい！　うまいよ！　これ、オレの知ってる味と一緒だ！　みんな食ってみろ！」

そう叫ぶと、どんどんと口に粥を運んで、最後には椀を舐めるようにして食べ切った。

ごくり、と喉を鳴らした兵士たちは、一人二人と椀に手を伸ばしていく。そこから、彼らが鍋いっぱいのパン粥を食べ切るまではすぐだった。

恐怖でこわばっていた兵士たちの顔が、生き生きとしたものに変わっていくのを見て、カトリーヌはホッと胸を撫でおろした。

「カトリーヌ様は、本当にオレらエリンの人間を恨んでないんですか？　城ではずっとこき使われてたし、人質として魔族のとこに嫁にやられたじゃないですか」

例の若い兵が、急に気安くなって訊ねてきた。

「おい、やめろお前」と年かさの兵にたしなめられても平気な顔だ。どうも彼は、大胆な性質らしい。

「エリン城で王に逆らっては生きていけません。エリンの皆さんが、私を憎んで辛くあたっていたのではないと知っています。だから、皆さんを恨む気持ちなんかありませんよ。それに、私はゼウトスに嫁いで幸せです」

カトリーヌの言葉に、兵士たちがざわついた。

彼らに微笑(ほほえ)みを向け、安心させるように、ゆっくりと言葉を続ける。

「無事にエリンにお届けするとお約束します。交渉の材料にはなってしまうのですが……帰ってからも罰されないよう、きちんと伝えます。だから、元気で戻れるように、好き嫌いしないで食べてくださいね。ゼウトスの料理も、美味しいんですよ！」

ざわめきがさらに大きくなる。すると、例の若い兵士が柵のすぐ手前にまで進み出てきた。

「……カトリーヌ様が言うんなら、オレは、信じることにするよ」

彼が笑うと、日に焼けた肌から、意外なほど白い歯が覗いた。


新月の夜から三日後の早朝、準備を整えた一団はゼウトスの城を出発した。

返還交渉については、先に使いを飛ばしている。羽根ペンが手紙を持って飛んでいってくれたのだ。

引きこもりの羽根ペンからしたら、とんだ災難だったのだろう。本当にイヤだという態度で、最後までごねていた。

捕虜扱いの兵士たちを囲むように、四騎士とゼウトスの兵士が騎馬で進む。先頭はカトリーヌとフェリクス王子が一頭の馬に同乗している。

「まったく、馬車を拒否するとは思わなかった」

馬の首に抱き着いて横乗りになるカトリーヌを気遣いながら、フェリクス王子がぼやく。

「だって、馬の方が、速いです、から」

「昨日になって急に、自ら交渉の場に行くと言い出して譲らないし。君には驚かされる」

「どう、しても、行かないと、いけない、理由が、あるん、で、しょう！」

「もういい、舌を噛むから黙っていてくれ」

揺れる馬上で必死に話すカトリーヌに呆れたフェリクス王子は、片手を手綱から離し、彼女の頭を撫でた。

カトリーヌが交渉の場に赴くことを強行したのは、彼女が語ったように、行かねばならない理由があったからだった。一つは、エリンの兵士を安心させるため。

そしてもう一つの理由。

カトリーヌが心に秘めた真の理由は、前日に先見した『とある未来』を避けるためだ。交渉の場に自分が赴かなかった場合の未来を。

交渉の内容について王子から相談を受けていたが、エリンの国王の性格を知っているカトリーヌには、交渉が穏やかに進むとは思えない。王子は任せてくれと言っていたけれど、どうしても心配になって、先見をしてしまったのだ。

けれど、カトリーヌは先見の内容も、先見をしたということも、誰にも告白しなかった。

（きっと不安にさせてしまう。危ないから絶対に行くな、とフェリクス様は言うもの。心配性だから）

密かに決意を固めて、カトリーヌは乗りなれない馬に必死にしがみつくのだった。

そうしてたどり着いたエリンの王城。

城に続く大通りには、王都の民がひしめいてなにごとかと眺めている。出来るだけおおごとにはしないよう話を進めては来たけれど、自国の兵を連れた隣国の一団が通れば、目立つに決まっている。

野次馬のなかには懐かしい顔もある。

カトリーヌを見る表情は様々だったけれど、揃って健康そうだった。戦時の、疲れ切った顔つきをした王都の人々を知っているカトリーヌは、人々の元気な様子が見られるだけで嬉しかった。

通りを抜けて王城に行き当たったカトリーヌは、懐かしさと不安を覚えながら、城門をくぐった。

「本当に平気なのか？　その、君は、エリン国王や王妃たちと顔を合わせて。嫌な思い出があるだろう」

フェリクス王子がそっと耳打ちをする。

「大丈夫です。役目があって来たんですもの」

気丈に答えたカトリーヌは、王子に手をとられて馬を下りた。

いよいよ、捕虜の引き渡し交渉の場に臨むことになった。

大広間に通される前に、武器を預けるよう促されて、まずひと悶着あった。中に並ぶ近衛兵たちが武装しているなかを、丸腰で入るつもりはない、と王子がはね付ける。

交渉の席に着く前から、不穏な空気が漂っていた。

大広間に入ると、入り口から奥に向かって真っ直ぐに白い道が出来ている。床の中央だけ白い石が敷かれている。

カトリーヌは、和睦のための輿入れを突然命じられた日のことを思い出した。

（大丈夫。あのときは一人きりだったけれど、今はフェリクス様たちと一緒だから）

心の中で呟いて広間の中央を進んだ。

両脇には近衛兵が立ち並んでいる。カトリーヌが目の前を通る瞬間、近衛兵たちは「なぜカトリーヌが？」と囁き合い、しかしすぐに石像のように気取った立ち姿に戻った。

大広間の中央に長いテーブルが置かれ、長辺の片側にエリンの王族が並んで座っていた。奥から、エリン国王、王妃、義妹のアンヌ王女という並びだ。

フェリクス王子が代表として国王の向かいに座り、カトリーヌはその隣につく。

カトリーヌと王子の背後には四騎士が立ち、入り口近くには捕虜となっているエリン兵とそれを囲むゼウトスの兵たちが並んだ。

カトリーヌが席についたとき、国王も、王妃とアンヌ王女も、カトリーヌのことを見ようとはしてくれなかった。アンヌにいたっては、目を丸くしてフェリクス王子だけを見つめている。

「このたびは、兵士が勝手に暴走して失礼した。連れてきてくれたこと、感謝しよう」

席についてすぐ、エリン国王がそう宣言した。

「なるほど、王のご指示ではなかったということですね」

王子の言葉に、エリン国王はフンと鼻を鳴らす。

「当然。貴国との間に保っている尊い平和を侵した兵どもについては、こちらで処罰をする。それでことを収めてもらおう」

　入り口に並ばされているエリン兵たちが、小さく悲鳴を上げるのが聞こえた。

「ま、待ってください！」

　エリン国王の残酷な言葉に、カトリーヌが思わず声を上げる。続いて、フェリクス王子が小さな咳払い（せきばら）のあと言葉を発した。

「我々はそちらの兵をお返しするために参りましたが、彼らの処分は望んでおりません。むしろ、彼らを罰しないことを引き渡しの条件の一つにしたいと考えております」

　王子の言葉を聞いて、王妃が片眉（まゆ）を上げた。

「あら、なぜですの？　私たちの大事なカトリーヌをそちらに嫁がせまでして得た、尊い平和ですのよ。それをおびやかした大罪人を許せと？」

「ほう、我々を野蛮で血なまぐさいと言うわりに、無駄な血を流すのがお好きなようで。それに、大事な娘ならば一人きりで輿入れさせるべきではありませんね」

「なっ……！」

「お母様、アンヌにもお話させてちょうだいな！　フェリクス様、とおっしゃいましたわね」

　怒りに言葉を失う王妃を押しのけて、アンヌが体を乗り出した。べったりとした声でフェリクス王子に話しかける。

「お義姉様（ねえ）は流浪の民の血をひいておりますの。ですからとっても奔放で、共の者も護衛も振り切って勝手に行ってしまったのですわ。そちらでもご迷惑をおかけしておりませんこと？　兵と一緒に返してくださってもよろしくてよ？」

くすくすと笑うアンヌに、カトリーヌは怒っていいのか、悲しんでいいのか、分からないままうつむいた。どこまで愚弄すれば気が済むのだろう、どうして彼女は自分を虐げるのだろう。顔を蒼くするカトリーヌの肩に、王子の手がそっと触れた。

「義理の妹君といえど、僕の大事な人への暴言は見過ごせません。カトリーヌは素晴らしい女性です。非道なあなたたちよりもずっと」

「まあ失礼な！　そもそも兵などそちらで処分すればいいのに、わざわざ押しかけてきて何なのかしら！」

アンヌが金切り声を上げる。

と、エリン国王が大きく咳払いをした。

アンヌは一瞬びくりとすると、扇子を乱暴に広げて黙り込んだ。

「ふむ、娘が失礼した。しかしアンヌの言ったことにも一理あるようだな。捨て置いてよい罪人をわざわざ連れてきたのは、そちらが武装した兵を率いてこの王城に入る口実ではないか？　カトリーヌを連れてきたのも、王城の内部に詳しいからだと考えると理屈が通る」

「馬鹿な！　連れてきた兵たちは貴国の国民ですよ！」

「勝手に動いた兵など、危うくて置いておけぬ。それを処分するなとはおかしな話。もしや、兵のなかに貴国のスパイでも居たかな。扇動しての自作自演。ふむ、残念だが辻褄が合う」

「戯言を申すな！　あなたの指示だろう！」

あまりの言葉に、フェリクス王子が立ち上がったときだった。

近衛兵たちが、素早くフェリクス王子とカトリーヌを取り囲み、一斉に槍を向けた。

すかさずゼウトスの四騎士が、腰の剣に手をかける。

「狡猾な魔族の考えそうなことですわ！　国王陛下は全て見通しておいでよ！」

「カトリーヌお義姉様も、平和平和など言いながら、恐ろしい企てをしていたのね！」

王妃とアンヌが騒ぎ立て、近衛兵たちが一歩前に踏み出す。

一触即発の空気だった。

そのとき、カトリーヌが静かに立ち上がった。

「おやめください。お父様、お義母様、それに、アンヌ様。私は、あなた方の破滅を防ぐためにここに参ったのです。どうか交渉に応じてくださいませ。恐ろしい未来を変えるために」

「カトリーヌ、何を……？」

カトリーヌの言葉に、フェリクス王子をはじめとして、ゼウトスの騎士や兵たちが揃って目を丸くする。

「フッ、ゼウトスに嫁入りしてからインチキ予言者を名乗っているようだな。お前の言うことなど儂らが信じると思うか」

エリン国王が鼻で笑い、王妃とアンヌが追従して嘲笑する。

「不吉な予言でだまそうというのね！　愚かな浅知恵だこと！」

「しっぽを出したわね！　無才無能のカトリーヌお義姉様！」

「いいえ、私は先見の力で見たままをお伝えしているのです。私のお母様と同じ、未来を見る力です」

カトリーヌは、震える手でペンダントを握りしめて言った。

「ミレイユの？　あの占いがお前に出来ると？　何も出来なかったお前が笑わせる」

王に鼻で笑われても、カトリーヌは退かない。退くわけにはいかなかった。

「占いではありません。お母様も私も、先見という特別な能力があったのです。お母様は、私の力が悪用されないようにと、力を封じてくださっていたのです。本当に私を大切にしてくれる人に、私が出会うまで」

「何を言うか。ミレイユがこの儂を信用していなかったとでも言うつもりか？」

王の言葉に、カトリーヌは黙って目を伏せた。

「……お父様、このままでは、兵も、民も、あなた方に愛想をつかしてしまいます。ひとたび反乱が起これば、国は混乱に陥る。どうかお考えください」

「ぬかせ！　この嘘つきを黙らせろ！」

エリン国王が怒号を上げると、一人の近衛兵が歩を進める。カトリーヌの喉元に槍が突き付けられそうになった瞬間、フェリクス王子が剣を抜いた。

カキン！

王子の剣が槍を受け止め、耳障りな音が大広間に響く。それを合図として、四騎士が剣を抜き、エリンの近衛兵が突進を始めた。

そのとき。

大広間の入り口に並んでいた捕虜のエリン兵たちが、ゼウトスの兵と共に近衛兵の背後に走り寄り、一斉に掴(つか)みかかった。

数で勝る彼らは、勢いそのままに国王と王妃、アンヌを羽交い締めにして拘束する。

「馬鹿どもが、血迷ったか！」

「無礼者！　放しなさい！」

「ヤダヤダヤダ！　何なの⁉」

騒ぎ立てる王族三人に、エリン兵たちが怒号を上げた。

「オレたちを捨て駒にしようとしやがって！」

「処刑なんてされてたまるか！」

兵たちの言葉に、エリン国王が怒りに顔を歪(ゆが)めて叫ぶ。

「それが国に仕えるということだ！　愚か者ども！」

その言葉を聞いたカトリーヌが、バン！　とテーブルを叩(たた)く。瞳(ひとみ)の縁には、今にもこぼれそうな涙が湛(たた)えられていた。

「お父様！　お願いですから、民を見てください！　あなた方のもとで、ずっと耐えてきた民を！　この兵士たちを処刑したら、国中が怒り出すのです！　分かりませんか⁉」

しいん、と大広間が静まり返る。

「カトリーヌの先見の能力は本物です。だからこそ、あなたが差し向けた兵士たちを、待ち受けて捕らえることが出来たんですよ」

フェリクス王子が、底冷えのする声で告げる。それからカトリーヌに顔を向けると、うって変わって落ち着いた声で訊ねた。

「カトリーヌ、君が交渉の席についてくるといって聞かなかったのは、その未来を見たからなのか？」

「……はい。交渉の席では戦闘が起こり、エリン兵は城下に逃れ、やがて民とともに城に攻め込む、という未来を見ました。彼らの怒りはもっともですが、国の混乱はさらに多くの不幸を呼んでしまいます。今、止めなくては」

「ふざけるな！　そんな戯言を、」

カトリーヌの言葉に、エリン国王が反論しようとした。

が、その言葉は大広間に駆け込んできた門兵によってかき消された。

「大変です！　城の外に民が集まって騒いでおりま……！　へ、陛下⁉　何が起こって……ぐぅ！」

大広間の様子に固まる門兵も、あっという間に取り囲まれて押さえ込まれる。

「ええい、外で何があったというのだ！」

狼狽するエリン国王に、カトリーヌが憂わし気な視線を向けた。

「兵の家族でしょう。捕虜となって戻ってきたのを知り、不安で駆けつけているのです。お父様、あなたは残酷な王であると、民に思われているのです。恐怖で民を縛れば、いつか、爆発してしまいます」

「適当なことを申すな！」

「適当ではありません、見たのです！　信じてください！　お父様ご自身のためにも……！」

カトリーヌの瞳からとうとう涙がこぼれた。

その訴えを退けようと、王が口を開きかけたときだ。

「言い争っている時間は、なさそうですよ」

フェリクス王子が、カチリ、と音を立てて剣を収めた。不思議な迫力によって静まった広間に、城外の声が聞こえてきた。

声の大きさから、大勢の人々が城を取り囲んでいることが分かった。

「なに、なんなの……？　殺されるの？　私たち……」

そう言って、アンヌが青ざめた顔をして震えだす。王妃も耳をふさいで縮こまっている。

「今、未来を変えられるのは、あなただけなんです。お父様、ご決断ください」

カトリーヌの言葉に、国王が沈黙する。

そして、膝(ひざ)から崩れ落ち、ゆっくりとうなずいた。

「分かった、兵は罰さない。他に、何をすればいい？」

「民の税金と、国内の移動にかかる通行料を引き下げてください」

カトリーヌの言葉に、王妃が悲鳴を上げた。

「そんなことをしたら、干上がってしまうわ！」

「頻繁に、国境に過剰な兵を送ってきているな？　それなりに費用がかかっているのではないか？」

フェリクス王子が言い放つと、王妃は唇を噛（か）んで黙り込んだ。

「私たちが望むのは、平和が続くことです」

「和睦（わぼく）を破ろうとしたあなたたちを、無条件で信用することは出来ない。分かるだろう。派兵を諦（あきら）めていただくためには、多少は窮々としていただくしかない」

カトリーヌとフェリクス王子の言葉に、国王はぐったりとうなだれる。

城外から聞こえる人々の声が、ますます高まっている。

「…………分かった。そうしよう」

そう呟（つぶや）いた国王は、ぐっと老け込んだように見えた。


城外の騒ぎは、帰還したエリン兵たちが出ていくことで収まった。兵士と家族が抱き合う姿を見て、恐ろしい未来を避けることが出来たと、カトリーヌは胸を撫（な）でおろした。

「カトリーヌ様！　ありがとうございます！」

「息子の命を救ってくださって、本当になんとお礼を申し上げていいやらで」

そう声をかけてきたのは、例の日焼けした若い兵士とその父親だった。

家具職人をやっているという父親が、カトリーヌの手をとって握り込んだ。肉厚でごつごつとした職人らしい手をしていた。最後まで触れられなかった国王――父の手はどんな手なのだろう、と少しだけ切なくなる。

「お礼なんてとんでもないです。その、息子さんたちを交渉の材料にしてしまったようなものなので……申し訳なく……」

「とんでもない！　息子に聞きましたよ。捕虜っつっても、えらい丁重にしてくださって、鼠が走り回る兵舎よりもよっぽど良かったなんて調子の良いこと言いやがって」

「おい親父、あんまり喋ってカトリーヌ様困らせんなって！　すんませんホントに」

お互いにぺこぺこと腰を折り合い、話の切り上げ時が分からなくなったところで、フェリクス王子が小さく咳払いをした。

「カトリーヌ。もたもたしていると人が集まる。そろそろ」

「あ、ごめんなさい。それじゃあ、その、お元気で！」

フェリクス王子によって馬に引っ張り上げられながら、カトリーヌが言った。

「では。ゼウトスに戻ろう」

なぜか拗ねた様子のフェリクス王子が、カトリーヌを隠すようにして後ろから腕を回して手綱を握る。馬を走らせようとする王子の体の陰から、カトリーヌは後ろを振り向いた。

「「ありがとうございましたー！」」

手を振って大声で見送ってくれる父子がそっくり同じ動きをしているのを見て、カトリーヌはそっと微笑んだ。

近くを飛んでいた羽根ペンが、ちゃっかりと肩に乗ってくる。引きこもりの羽根ペンは、もう飛ぶのも怠いということらしい。

「カトリーヌ。何を笑っているのかな？」

王子が訊ねる。

「えーと、何ででしょう。なんだか、ほっこりしちゃって」

「それは良かった。僕はやっと生きた心地が戻ってきたところだ」

「フェリクス様、なにか怒ってます？」

王子のつんとした様子に、カトリーヌは顔を上げた。

行きと違ってゆっくりと馬を進めているので、会話に苦労はしない。しかし並足で馬を歩かせる王子が、少々不気味だ。

「……カトリーヌ、まずは僕に言うことがないか？」

「えーと、いやあ、槍を向けられたときはどうなることかと思いましたね」

「それだ。君は危険があると分かってついてきたな？　しかもそれを秘密にして。君は本当に、急に大胆なことをするから困る。僕の心臓がもたない」

「そうですよ、なんで言ってくれなかったんすか！」

右側に青い馬が並んできて、サージウスが口を挟んできた。

「だって、伝えたら止められるかと」

「当たり前だ。妻を危険な目に遭わせたい夫が居るか」

とりつくしまもなく、王子が言った。

その通りだというように、サージウスも無言でうなずいている。

「でも、私が見たものだから、私が伝えないとダメだと思っちゃって……。私、エリンが好きなんです。辛いこともあったけど、楽しい思い出もあったし。だから、未来を変えるために動かなくちゃって」

「む……気持ちは分かるが、しかしだな」

王子が納得出来ない様子で口を曲げる。

と、今度は左側に黒い馬が蹄の音を鳴らして並んでくる。

「我も肝が冷えましたぞぉ！　室内では存分に暴れられぬから、気を使いますしな！」

「アマデウス将軍は加減が下手ですからね」

左右からアマデウス将軍とサージウスに挟まれて、かしましい会話が始まりそうだった。

「あー、もういいもういい！　うるさくてたまらない。とにかく、これからは危険な真似をしないでくれ」

やけになったように王子が馬の脚を速めて、サージウスとアマデウス将軍の会話から逃れた。

呆れた風に羽根ペンが身をよじって、伸びをする。

「はぁい。気を付け、ミぃ、しょぅ！」

「分かったから、舌を噛むなよ」

王子が言って、さらに馬を速めた。王子は、馬にしがみつこうとするカトリーヌの肩を抱いて、自分の胸に押し付ける。

「僕に掴まっていろ」

カトリーヌが素直にしがみつくと、王子は少しだけ口元をほころばせた。

風が髪を梳いていくのが、気持ちいい。

牧草地に入っていた。草を食む羊たちが、あっという間に後ろへと流されていく。

(そういえば、最初は馬車からこの景色を見たんだわ。一人で、すごく心細かった。でも今は一人じゃないんだ)

あんなに恐ろしく思っていた魔王城に、今は早く戻りたいと思っていた。

カトリーヌの愛する城。守りたい居場所へと。

エピローグ

高い秋空の下、フェリクス王子とカトリーヌは連れ立ってバザールを歩いていた。

秋は祝祭の季節で、バザールにも祝祭の飾りものやごちそうの食材が沢山並んでいる。前回の反省を踏まえて、今日の二人はより念を入れた変装をしていた。

王子は眼鏡（めがね）に付（つ）け髭（ひげ）、頭には帽子を被（かぶ）り、手にはステッキ。フロックコートと細いスラックスを着込んだ紳士風の変装。カトリーヌは髪をキャップに入れ込んで、顔にはソバカスを描き、フリルのブラウスにジャケットと半ズボンを合わせて少年風の変装をしている。

二人はいささか気まずげな様子で、会話もなしに歩いていた。

「にぎやかですね」

「そうだな」

以下、無言。

このやり取りは三回目だ。

「あら、新作がもう演（や）っているのね！」

甲高い声が聞こえてそちらを見ると、ヒト族のご婦人グループが、祭りの看板に貼られたポスターを囲んでいた。

「フェリクス王子とカトリーヌ王太子妃の新作⁉　アタシ大好きよ！　『運命に抱かれて』は十回は観たの！」

「新作は『愛に囚われて』ですって！　今回の王子も素敵な役者が演じているみたいね！」

「あ〜、でも、本物のフェリクス王子はもっともっと、情熱的で素敵なんでしょうねえ」

「エリンから嫁いで、困難辛苦のなか燃え上がる愛……！　素敵よね〜。ロマンチックよね〜」

「アタシもカトリーヌ様みたいに愛されたいわ〜」

「本当よねえ〜」

口々に話し、ときにため息をつき、笑い合うご婦人グループ。その声はバザールの中心でよく響いた。

「は、離れますか」

「そうしよう」

二人はそそくさと、グループから距離を取る。

実は、その『愛に囚われて』を観てきた帰りなのだ。

誘ったのはカトリーヌからだった。

エリン王国が国内の移動にかかる通行料を引き下げたことで、民の行き来は活発さを増して、民同士の交流もさらに広がっていた。

文化交流の結果、エリンの民とゼウトスの民が共演する演劇が大ブームとなっていたのだ。

カトリーヌは、ヒト族と異種族の共演というものに興味があった。しかもそれが祝祭に合わせて催されると聞いて、嬉しくなって王子と一緒に観にきたのだった。

青空演芸場は、エリンの民とゼウトスの民で満席だった。彼らがごく普通に隣り合って座っていることに、カトリーヌは嬉しくなった。

「すごい人気ですね。それに、みんな隣がヒト族かどうかなんて気にしていないみたい」

「うむ。ここまで二国の交流が進んでいるとは」

開演まではそんな風に自然な会話が出来ていた。だが、ひとたび幕が上がり、口上の男が出てきて、カトリーヌとフェリクス王子の名を挙げたところから、様子がおかしいと思い始めた。

「このお芝居、『愛に囚われて』ですよね」

「そうとしか聞いてないが」

小声で囁き合っていると、客席がワッと盛り上がる。主演のカトリーヌ役の少女が出てきたのだ。

カトリーヌは居たたまれなくなってきた。少女は可憐な美少女で、しかもとても繊細な演技をしていた。間違ってもいきなりお腹の音をさせたり、スープをお代わりしたりはしなそうだった。

続いてフェリクス王子役の美青年が出てきたとき、二人は気まずげに目を合わせた。

青年は、一番甘いときの王子の言葉を、さらに蜜でコーティングしてクリームとチョコレートとキャラメルを載せたような言葉を吐いた。

「……出ようか」

「……そうですね」

そうして途中で退席した二人は、軽いショック状態のまま広場を抜け、バザールを歩いていたというわけだった。

刻の女神信仰が盛り上がることを王子は心配していたけれど、意外なことにカトリーヌとフェリクス王子のカップルは別の盛り上がりを見せていた。ラブロマンスの題材として。

女神の遣いのように祀り上げられるよりは、気楽に過ごせるのかもしれないと思ったけれど――。

「なんというか、平和というのは色々な文化を生むんですね」

「うん、まあ。皆が楽しんでいるならいいんじゃないか、多分」

「でも、美化されすぎるのも、気まずいものですね」

カトリーヌが嘆息すると、フェリクス王子が首を傾げた。

「そうか？　むしろ、君の愛らしさが表現しきれていなかったと思うが。そこが僕は残念だった。劇中のカトリーヌは、全然ものを食べないじゃないか」

「へ？」

「正しいカトリーヌ像を伝えたいとも思うが、しかし、君が人気になりすぎるのも困るし。僕は複雑だ」

真顔で言うフェリクス王子に、なんと答えればいいのだろうか。

カトリーヌは新たな悩みに頭を抱えるのだった。

あとがき

初めまして、高文緒（たかふみお）と申します。

この度は『無才王女、魔王城に嫁入りする。～未来視の力が開花したので魔族領をお助けします！～』をお手に取っていただきありがとうございます！　本当に、本当に嬉（うれ）しいです。厚く御礼申し上げます。

本作は小説投稿サイト、カクヨム様の『嫁入りからのセカンドライフ』中編コンテストにて賞を頂き、書籍として読者様にお届けする幸運に恵まれました。ウェブサイトへの投稿時に応援してくださった読者様、ならびに選出くださった編集部様に、深く感謝申し上げます。

美麗な表紙と挿絵は、昌未（まさみ）様が担当してくださいました。妄想していた以上の、可愛（かわい）いカトリーヌとかっこいいフェリクス、そしてにぎやかな魔王城の面々を描いていただき、絵を拝見する度に感動で震えました。心臓がドキドキして落ち着かなくなるほどでした。私の曖昧（あいまい）なイメージを汲（く）み取っていただき、五億倍の解像度で顕現させてくださいました。ありがとうございます。私は幸せ者です。

初めての書籍化にあたりまして、担当をしてくださった編集者W様には大変お世話になりました。中編の物語を書籍版へと改稿する作業に際し、生来の方向音痴ぶりを発揮して頓珍漢（とんちんかん）な方向に突き進みそうになる私を、ナビゲートしてくださいました。その節は大変お世話になりました。

また、執筆活動を見守ってくれた友人に、この場をお借りして感謝の気持ちを伝えたいと思います。ありがとう！

そして、私たちの日常を守ってくださる全ての方々への感謝を綴（つづ）らせてください。

私のような者が小説を書いて投稿できるのも、読んでくださる方がいらっしゃるのも、全ては日常が日常であってくれているという奇跡のお陰だと思っております。

本作のエピローグでも、日常を取り戻した人々が、カトリーヌとフェリクスをモデルにしたお芝居を楽しむ様子を描いております。二人には苦笑いされてしまいましたが、ゼウトス王国とエリン王国の人々が、生き生きと「無駄」と「おふざけ」を楽しめたら嬉しいな、という気持ちで書いたシーンでした。

皆様と皆様の周囲の方々の日常が、穏やかなものでありますように。

最後に、本作をお手に取っていただき、こんなあとがきまでお読みくださったあなた様！　その寛大なお心に甘えて駄文を書き連ねてしまいました。重ねて御礼申し上げます。

本当に、ありがとうございます。

またお会い出来る日が来ることを（一方的に）祈って、締めとさせていただきます。

大好きな読者様へ。高より。

お便りはこちらまで

〒 102－8177
カドカワBOOKS編集部　気付
高文緒（様）宛
昌未（様）宛

カドカワBOOKS

無才王女、魔王城に嫁入りする。
～未来視の力が開花したので魔族領をお助けします！～

2024年10月10日　初版発行

著者／高文緒

発行者／山下直久

発行／株式会社KADOKAWA

〒102-8177
東京都千代田区富士見2-13-3
電話／0570-002-301（ナビダイヤル）

編集／カドカワBOOKS編集部

印刷所／暁印刷

製本所／本間製本

ISBN 978-4-04-075653-0 C0093

新文芸宣言

かつて「知」と「美」は特権階級の所有物でした。

15世紀、グーテンベルクが発明した活版印刷技術は、特権階級から「知」と「美」を解放し、ルネサンスや宗教改革を導きました。市民革命や産業革命も、大衆に「知」と「美」が広まらなければ起こりえませんでした。人間は、本を読むことにより、自由と平等を獲得していったのです。

21世紀、インターネット技術により、第二の「知」と「美」の解放が起こりました。一部の選ばれた才能を持つ者だけが文章や絵、映像を発表できる時代は終わり、誰もがネット上で自己表現を出来る時代がやってきました。

UGC（ユーザージェネレイテッドコンテンツ）の波は、今世界を席巻しています。UGCから生まれた小説は、一般大衆からの批評を取り込みながら内容を充実させて行きます。受け手と送り手の情報の交換によって、UGCは量的な評価を獲得し、爆発的にその数を増やしているのです。

こうしたUGCから生まれた小説群を、私たちは「新文芸」と名付けました。

新文芸は、インターネットによる新しい「知」と「美」の形です。

2015年10月10日
井上伸一郎

異世界で姉に名前を奪われました

In another world, my sister stole my name

鏡を通して交流していた異世界にやってきてしまった一花（いちか）。そこでは１年前に失踪した姉・華恋（かれん）が「イチカ」を名乗り聖女と敬われていた。一花は正体を伏せて過ごすが、危機に瀕して自らも聖女の能力が開花し……!?

カドカワBOOKS

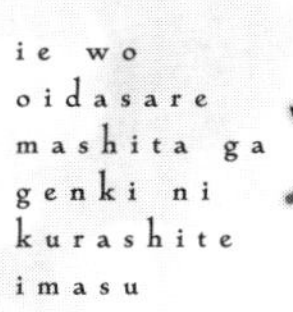

家を追い出されましたが、元気に暮らしています

ie wo oidasare mashita ga genki ni kurashite imasu

〜チートな魔法と前世知識で快適便利なセカンドライフ！〜

斎木リコ

illust. 薔薇缶

実家から追放されるも、辺境でたくましく育った転生者のレラ。スパルタな英才教育のおかげか、立派な脳筋令嬢が誕生する！　さらに、前世知識をふんだんに活かしまくり便利な魔道具を次々と生み出していた。

その後、貴族の学院に入学することになるも最初からトラブル続出で——イケメン騎士に一目惚れされるわ、異母妹に喧嘩を売られ魔法対決になるわ、あげくに学院祭の真っ最中に誘拐事件に巻き込まれてしまい!?

カドカワBOOKS

シリーズ好評発売中！
辺境でスパルタ教育を
受けたら
世界を揺るがす
脳筋令嬢が爆誕！
B's-LOG
COMICほかにて
コミカライズ
連載中!!
漫画・つむぎはる

図書館の天才少女

~本好きの新人官吏は膨大な知識で国を救います！~

+ 蒼井美紗

+ ill. 緋原ヨウ

本が大好きで、ひたすら本を読みふけり、ついに街中の本を全て読み尽くしてしまったマルティナは、まだ見ぬ王宮図書館の本を求めて官吏を目指すことに。読んだ本の内容を一言一句忘れない記憶力を持つ彼女は、高難易度の試験を平民としては数年ぶりに、しかも満点で突破するのだった。

そして政務部に配属されたマルティナは、特殊な記憶力を存分に発揮して周囲を驚かせていくが、そんな時、魔物の不自然な発生に遭遇し……!?

カドカワBOOKS